U0446097

奇迹寄物商

あずかりやさん

[日] **大山淳子** 著

许展宁 译

序

一位盲眼的少年与一家专门寄物的商店

动画导演　纪柏舟

从看到故事的简介开始，我就一直隐约有某种期待。或许是超现实色彩与隐喻兼顾的设定，和我本身创作的调性相当接近；也有可能是早已脱离年少轻狂，对于书中即将上演的人生缩影颇有共鸣。

人为何要"寄物"？是一种逃避，一种承诺，还是一种解脱？身为寄物商的老板，是倾听，还是在找寻？

寄物商店的老板桐岛，由于眼盲心静，俨然是超然不问世俗的倾听者，任凭访客流连造访，只留下寄物的痕迹与一串串故事。似乎在不断快速变动的世界中，只有寄物商的时间是缓慢流逝的。我们随着作者的笔调，有时幻化为爱慕的门帘，有时变成了古老的玻璃柜，有时又变成了新加入的自行车，用各自的角度旁观着店里一幕幕上演的人生故事。

作者用平易近人的文字，配合这种令人激赏的拟物观点，不仅将每篇故事注入了魔幻色彩，更隐约产生一种推理般的神秘感，处处产生惊喜。读者仿佛成为桐岛的眼睛，静静地守护着这位清澈的主人，从年轻到苍老，一起经历许多相遇与分离。每一篇短篇看似互不相连，但人物环环相扣，许多的因缘际会都因为"寄物"而巧妙地连接在一起。故事尾声，看似静止在桐岛身上的时间和感情，某天终究还是激起了一阵涟漪。此时以往静静聆听的触感真切地发生在自己身上，以往身为旁观者与守护者的读者们，也随着孩子般的桐岛，共同经历了一场忧喜参半的成长之旅。

于是静静地读完了《奇迹寄物商》，已经是午夜时分。窗外是台湾近日阵歇的大雨，心中浮起一种难以言喻的、如流水般冰凉的沉静感。近年来多旅居国外，忙碌于动画与艺术的创作，已有一段时间未与文字结缘，然而这部日本作家的清新小品，竟如此流畅亲切地把故事传递到了我的心里。虽然没有华丽的辞藻，但丰富的视觉叙事与开创性的视角，反而让故事更加趣味横生。有趣的是，读者幻化成不同的拟人物品，却也只是配角，而非"全知"的第三者，因此在推展之间产生的未知想象与留白，格外精彩。

《克莉丝蒂先生》是我尤其喜爱的一篇故事，作者不仅将无生命的物件们拟人化，以隐喻所有角色的情感与抉择，其中一股清淡的忧伤与孤单更是就此贯穿了整部作品。原以为我们是在不同篇章的过客里，试图寻找与自己相似的生命经验，但最后才猛然发觉，其实主角桐岛才是自己心底的倒影。那是一种超然或是孤寂？界线已不再清楚。我只知道，当最后世俗的情感也终于降临在主角身上时，我的眼眶也不禁微微酸楚了起来。不论外貌岁月如何更迭，原来我们依然都只是个孩子；生命的苦涩与美好，才正要开始。

《奇迹寄物商》，一本满富人生寓意又亲切动人的作品，推荐给曾经迷失或寻找寄托的每一个你。

目 录

序 一位盲眼的少年与一家专门寄物的商店 纪柏舟/1

寄物商/1

克莉丝蒂先生/45

梦幻曲/85

星星与王子/123

老板的恋爱/165

终章/207

寄物商

这里位于明日町金平糖商店街西侧的一端。

人流虽然不少，却没什么人会留意到这家店。

这是因为店外没有招牌。门口只挂着简单大方的蓝染布帘，上面清楚地写着反白的文字"SATOU"，很难从外观分辨出这里究竟是商家还是民宅。

入内一探，这里的确是一家店。因为老板就待在里面。就算没有任何像是商品的东西，只要有老板在，这里就是一家店。

在空荡荡的玻璃柜那边有间比地板高一点的和室。在这约三坪大的昏暗空间里，老板就坐在一角读着书。小巧的书桌上放着一本开本较大的书册，尽管光线阴暗，却没有另外开灯。老板就像在细心呵护书页似的，掌心从左至右，温柔地在书上移动了好几遍。

房间中央摆着一张饱满厚实的坐垫。那是客人专用的垫子。老板的坐垫因为久坐，臀部的位置早已变得扁平轻薄。

有时候可能一整天连一个客人也没有。所以老板便视等待为工作，从早上七点开到十一点，中午暂时关门休息一阵子，再从下午三点营业到晚上七点，在这里一边读书一边顾店。

摆钟响了八声。

"早安。"

早上第一位客人上门了。是一个背着红色书包的小女孩，挂在书包上的护身铃铛正丁零零地响着。

"早安。"

老板笑意盈盈地迎接客人，请她坐上坐垫。

女孩站着卸下书包，从里面抽出了一张纸。

"我要寄放这个。"

老板收下纸，用手掌抚摸了两遍说："我知道了。"接着又开口询问："请问尊姓大名呢？"

"柿沼奈美。"

"柿沼奈美小姐，请问你要寄放几天呢？"

"一个礼拜。"

"我明白了。寄物费一天一百元，这样总共是七百元。"

女孩从书包里拿出有兔耳朵造型的粉红色钱包，掏出一枚五百元还有两枚一百元硬币，放在老板的掌心里。

老板靠着指尖确认好硬币后，开口说道：

"即使提前来领取，本店也不会退还剩余的费用；要是一个礼拜后没有来领回，寄放的物品就会归我所有。这样可以吗？"

女孩应了一声"可以",背起书包。

"小心慢走。"老板说。

女孩立刻惊讶地回过头,踌躇了一阵子后,才小声地说一句"我走了",离开店里。丁零的铃声越来越微弱,最后逐渐消失。

老板拿着那张纸,走进屋内的房间。

他要去把寄放的物品收起来。老板从不记账,因为他根本没办法阅读。取而代之地,老板运用了他优秀的记忆力,把客人的名字、寄放的物品,还有寄物期限都记得一清二楚。

"你好。"一位来领物的客人走进店里,名字都还没报上,老板仿佛听声就能辨人似的率先开口,"是山田太郎先生吧?"通常客人这时候都会被吓一跳。因为老板简直就像是看得见一样。就在对方惊讶的时候,老板从屋内房间拿出物品,交给客人。他从来没拿错过,就跟变魔术一样精彩。

我不清楚屋内房间的模样,也完全不晓得寄放的物品是如何来收放。

我自己是这么想象:屋内房间的模样全都在老板脑中,里面还有无数个抽屉,寄放的物品就收拾在其中。他会一面在嘴里说着"柿沼奈美小姐",一面关起抽屉。等到要拿出来的时候,只要说一声"柿沼奈美小姐",抽屉就会自动打开。我觉得在老板的脑中,就存在着这么一个抽屉。

老板为人和蔼可亲,拥有一股吸引人的自然魅力。任何人都会想要主动助他一臂之力,就连抽屉也不例外吧。

话虽如此,我也不过只是待在店门口,优哉地随风摆荡。别看我这样,我可是身负重任,能让客人清楚知道现在是否在营业中。没错,我就是门帘,以身为老板的好伙伴为荣。

老板从屋内走出来坐回原位,再度开始读书。

我很喜欢老板独自顾店的这段宁静时光。

老板读书的模样,就算欣赏好几个小时也不嫌腻。他的姿势优雅漂亮。因为不需要用眼睛追逐文字,坐姿总是抬头挺胸。他的脸庞瘦长,肌肤白皙,顶着一头短发;有棱有角、线条利落的下巴上,留有刮完胡子的青色痕迹;手腕纤细,手背上还浮现着美丽的骨头外形。他总是身穿整洁的T恤与麻质长裤,光着双脚,脚板宽大。到了冬天会再披一件长版棉袍,穿上毛料的袜子。

店里的摆钟响了十一下,到午休时间了。

老板站起身，走到石板地穿上雪駄[1]后，将美丽的手伸向了我。说时迟那时快，仿佛要制止老板的举动一般，一位胖胖的女子走了进来，"午安。"

"相泽女士，每次都劳烦您了。"老板笑眯眯地弯腰鞠躬。他果然能够听音辨人。只不过相泽并不是客人。

"让您久等了。这次真是花了我不少时间啊。"

相泽这么说着，把布巾包裹搁在和室里。

老板准备转身走进屋内。此时相泽开口说："别客气了，今天不用准备茶水。我待会儿还得赶去医院一趟呢，没办法在这里坐太久。"

"身体哪里不舒服吗？"

听到老板的问题，相泽顿时露出了犹豫的神情，不过马上又呵呵笑着开口道："是去看一下眼睛啦。因为上礼拜做了检查，我今天是去取报告的。用不着担心，不是什么大毛病。"

老板默默地解开包裹，拿起宛如电话簿一般沉重的点字书。

相泽语气开朗地说道："只要眼睛还看得见，我就不会停

---

[1] 竹制的草履。

手。你可要好好继续读下去哦。"

老板翻开封面，触摸着书页问道："是爱情小说对吧？"

"是啊，因为是长篇小说，做得我肩膀都痛了。"

"是感人的作品吗？"

"该怎么说好呢？读起来会有一种怀念的感觉，让人想起以前谈恋爱的心情。整体来说是个很浪漫的故事。虽然桐岛你还年轻，读起来可能不会那么有感触，不过反正机会难得，你就读读看吧。"

"我今天立刻就会看的。"

相泽笑了笑，流露出仿佛在遥望远方的目光说："我们两个读了好多一样的书呢。"

"是啊。"

"我的梦想，就是把图书馆的书一本不漏地做成点字书，只是我的眼睛可能没办法撑到那时候了。"

相泽的表情突然就像关上灯似的黯淡下来。虽然老板看不到，但他似乎什么都明白一样，开口替相泽打气。

"要是真有那么一天，我可以把之前你送来的书慢慢借给你。"

相泽的神情又顿时亮了起来。

"哎呀呀,你不打算还给我吗?而且还只能慢慢借?"

"是啊,因为那些都是我的宝贝。"

听到这句话,相泽眼里泛起泪光。不过为了不让泪水滴下来,她又赶紧把眼泪收了回去。

"既然还有书可读,我就放心多了。我已经没什么好怕的了。"

相泽离开了店里。虽然老板看不到,但相泽露出了满面的笑容。

老板伸出手,这次总算是把我拆了下来,卷起来靠在墙边,关上玻璃门,然后转身往屋里走去。

从中午十一点到下午三点这段时间,我完全不知道老板跑到哪里、做了什么事。不晓得他是不是在屋内的房间整理抽屉,又或者是从后门离开店里,跑去理发了也说不定。

屋里和屋外的事情我一概不清楚。不过,关于这个家的故事,我倒是知道得比老板还要详细。因为我从上上一代开始,就已经待在这里随风摇曳了。

这里在上上一代是家和果子店。店名叫作"桐岛果子铺",招牌上也是这么写的。不过在战后的那段期间,砂糖相当贵重,当时拥有商业头脑的老板,就做了一张用反白文字直接写着"SATOU"(砂糖)的门帘。因为没钱请工匠制作,他就自己亲手染布。是用蜡染制作的门帘。可是当时亲朋好友都相当反对,毕竟这样也太"大刺刺"了一点。

不过门帘确实大显神威,反白的"SATOU"文字吸引客人蜂拥而至。在当时那个肃杀的年代里,甜食是希望之光。甚至还有人为了追求这道光,不惜卖掉自己的衣物。

第二代老板讨厌做点心,所以大学毕业后就成了上班族。虽然这个人的太太接手掌管了店务,但因为患有气喘,身体十分虚弱,有一天就突然不再出现在店里了。于是和果子店就收起来不做了。

这位上班族与其妻,就是现任老板的双亲。

母亲出走之后,父亲没多久也离开了人世,无依无靠的儿子就在十七岁那年,开始寄物商的生意。

寄物商,虽然是个奇怪的行业,但是也因为这种小众产业没有竞争对手,就这样勉勉强强地经营下去。这里专门保管客人寄放的物品,不管是什么样的东西,寄放一天就是一百元。寄物时先订好期限并付清款项,要是过了期限却没有来领回,物品就归店里所有。能卖的就转卖掉,还能用的话就继续用，该回收的就拿去处理掉。

这里与当铺最截然不同的地方，应该就是"客人付钱寄物"这一点了吧。保管物品就是这家店的工作。

不健全的双眼或许也算是种福气。因为老板不但读不到、见不着寄放的物品，也看不到客人的长相。站在客人的立场，这样正好能保护个人隐私，可以放心前来寄物。开店至今，这里从来没惹过任何麻烦。虽然多少遇到过惊险的情况，但倒是没发生什么大问题。

话说他到底为什么会开始做寄物商的生意呢？在老板十七岁的时候，呃，他当时还不算老板。那时候的他孤苦无依，和果子店关门大吉，我也被卷了起来，摆放在冰冷的石板地一角。

这里只是一个名叫桐岛透的盲眼少年独自居住的普通房子。

某个深夜，玻璃门突然响起敲打声，透打开门锁后，一名男子便走了进来。是个没见过的陌生人。对方发出低沉的声音语带威胁地说："你一个人在家吗？"

"这里就我一个人。"

男子瞪着眼睛左顾右盼，穿着沾满泥巴的鞋子来回绕了绕，忽然被我绊了一跤，一脚踩在我的身上。他不是故意的，只是不小心而已，毕竟这里一片漆黑嘛。男子没脱鞋就大摇大摆地闯进屋里，用低沉的语气说："好暗。电灯在哪里？"

平常透都是不开灯的。那时候的他凭着记忆摸索到电灯开关，总算让屋子变得明亮。那灯泡应该很老旧了吧，直到现在也还是微弱得要亮不亮。

男子确定屋内没有任何人后，又回到了店面。接着他发现我，把我从地板上捡起来展开一看。

男子露出恍然大悟的表情。他应该是注意到自己留下的脚印了吧。男子拍掉我身上的泥巴后，没有重新再卷回去，直接就把我靠在墙边。

他看起来好像不是什么大坏蛋的样子。

或许是明亮的光线平静了思绪，男子似乎发现自己原来还穿着鞋。只见他粗鲁地脱下鞋，盘腿坐下，然后开口要透也一起坐下来。

就在此时，男子才终于惊觉透的眼睛看不到。他虽然什么也没说，但是现场气氛仿佛放松了下来，该怎么说好呢？就是感觉空气中的杀气顿时都融化了。

男子递给透一个用报纸包裹的物品。透用手摸出形状，露出诧异的表情，急急忙忙地拆开报纸。

一看到那样东西，我的恐惧立刻膨胀了好几倍。

透战战兢兢地摸了摸，慎重地确认了触感和重量，脸上满是好奇，完全没有任何一丝害怕。他看起来一脸雀跃，兴奋期待。果然男孩子不管到了几岁，都还是喜欢这种东西啊。

"我想请你保管这样东西。"男子说。

我在内心大声呐喊，呐喊着"你快给我滚出去"。看到他带来这种危险物品，我怎么可能冷静得下来。

透一句话也没说。

接着男子从怀中取出了一只信封，塞到透的胸前。"这是寄物费。你就随便拿去花用吧。"

收下信封，透用手指检查了内容物。里面放着钞票，大概有十张左右。

"看你是要放在抽屉、柜子，还是阁楼都好。总之就藏在只有你才碰得到的地方吧。"

"……"

"拜托了。"

真是新鲜的光景。因为从以前到现在，从来没有人拜托过透。透看起来十分不知所措。

男子继续往下说道："我两个礼拜后就会过来拿。"

"两个礼拜后？"

"对，我一定会来。要是两个礼拜后我没过来，那东西就送你。"

男子自顾自地说完，就像做好一桩约定般，放松地吐了口气。接着他穿上鞋，准备打开玻璃门。

"请问您叫什么名字？"透问他，"要是到时候给错人就不好了。为以防万一，请告诉我您的名字。"

"真田幸太郎。"男子说。

"真-田-幸-太-郎。"

在透复诵的时候，男子就消失了。

这是发生在仅仅十五分钟内的事。

从这一天开始，透就改变了。

该怎么形容好呢，就是有种脱胎换骨的感觉。原本总是窝在屋内房间一整天的他，现在开始会来到店面，用抹布擦擦榻榻米，或是待在和室里听听广播。

那是发生在男子寄放物品后的第三天。广播里传来这么一则新闻：

警方已在东京湾的阜头公园，发现并逮捕了因涉嫌伤害国会议员而遭通缉的暴力组织成员，四十七岁的真田幸太郎。由于真田否认犯罪行为，现场也没有发现作案时的枪支，现在已派出五十名警力于海底搜寻物证。

透就像是把耳朵紧贴在收音机旁似的听着广播，嘴里喃喃自语："真-田-幸-太-郎。"

没想到当时那个男人竟在这里报上了本名！

只要透主动报警，把枪交给警方，那把枪就能成为判定罪行的最佳证据。不过既然如此，他又为什么要报上本名呢？

大事不好了！透立刻拨了一通电话。

"麻烦您尽快过来一趟。"

我胆战心惊地等待警察的到来。竟然会有警察光顾店里，这可是我这辈子遇过的最精彩的戏码。

不过很可惜，最后现身的人是每次需要处理公家文件时，都会过来好几趟的区公所福祉课职员。对方是个很容易流汗的中年男子。他不是什么坏蛋，反而是个心地善良的大好人。不过我还是忍不住心想"搞什么啊"。毕竟这个人与戏剧化的剧情八竿子打不着。

透完全没有提到任何关于真田幸太郎的事，只见他递出一张纸，请对方在上面写了几个字，贴在玻璃门上——

一天一百元，欢迎寄放任何物品。

接下来就是处理开店做生意的手续。那名职员询问屋号[1]的名字后，透便回答："桐岛。"

透从这天开始就成了老板，把我挂上店门口，寄物商正式开始营业。老板似乎没有发现我的身上，其实写着"SATOU"几个字。毕竟他从手还够不到门帘的时候开始，就已经失去视力了嘛。

看到"欢迎寄放物品"这行字，还有门帘上的"SATOU"，路过的人都以为这家店就叫作"寄物商·SATOU"。三年前印制的"明日町金平糖商店街地图"中，上面也是标示着"寄物商·SATOU"这个名字。

就算老板与客人认定的店名不相同，也不会产生什么大问题。

---
1 商家名称，大多以店主的姓氏来命名。

店里的生意十分兴隆。

虽然不是每个人都有这种需求，不过大家多少都会有一些想要寄放在他处的物品吧。像是不想被家人看到啦，或是想暂时远离身边的东西等等。

也有人会寄放无法下定决心丢掉的物品，给自己一段犹豫的时间。如果最后决定要丢掉，只要不拿回去就好。这样自己就不会留下亲手丢弃的罪恶感。

店里寄放过女儿节娃娃、订婚戒指、假发、枕头、日本酒、遗书、将棋棋盘、小提琴，甚至连骨灰坛跟牌位都有。

老板完全不会过问为什么客人会有这样的物品，或是寄物的来龙去脉。他仿佛舍弃了所有情感，只是一味地在收取物品，简直就像间仓库或柜子一样。

会来光顾寄物商的人，都是为了把手边大大小小的问题，暂时先搁置在这里一阵子。老板封印住好奇心的做法不但正确，也是生意人该提供的真诚服务。

不过在客人当中，有人会老老实实地说明寄物缘由，也有人是为了倾诉而来。遇到这种状况时，老板都会耐心聆听客人的故事。

其中也有人会在聊天的过程中改变心意，结果又把东西给带了回去呢。这种时候就不需要收取费用，感觉有点像是在浪费时间，不过老板总会一如往常地道声"路上小心"，用和蔼的表情送对方离开。

如果寄放的是乌龟或猫咪等生物，老板会主动请教照顾的方法；摸起来冰凉的东西，会向客人确定是否需要冷藏。

令人困扰的是，有人会专程寄放原本就打算要丢掉的物品。这种人只会要求"寄放一天就好"，搁下一百元后，就再也没有现身过了。简直就像把这里当成便宜划算的大型垃圾处理场。就算把电视或单车丢在这里不管，老板根本也用不到。如果是无法转卖的物品，就会向当地公所提出回收申请。店里还曾经因为这些回收费用搞得赤字连连。

另外以前还有客人寄放过生病的猫咪。虽然老板当时紧急请了兽医，但还是晚了一步。最后那只猫就窝在老板的膝上，重重叹了一大口气。我想那只猫的灵魂，大概就在那口气当中吧。老板就这样静静地，感受着那逐渐冰冷的身躯。

不管客人寄放什么，老板一律来者不拒。因为这就是他的工作。

某天，老板发现贴在门外的纸不知道什么时候不见了。

看来应该是因为只有用胶带固定,黏着力不够的关系,结果就被风给吹跑了吧。老板并没有重新再贴一张新的。虽然客人因此减少了许多,但同时也能借此迎接真正需要"寄物"的客人。

老板似乎相当满意这份工作。因为我不晓得屋内的情况,所以不清楚他至今过着什么样的生活,不过开店做生意的举动的确让他与外界有了联系。

你问那位真田幸太郎?

他到最后还是没有现身。到现在都已经过去十年了。不晓得他是不是已经服完刑期,回归正道了。那个弄清来历的危险物品早已归老板所有,只是我也无法知道那东西是被转卖掉了,还是继续放在老板的身边。

中午来拜访的相泽,从来没有委托老板保管过东西。

她是在两年前突然来到店里,"我最近开始在做点字的义工,你可以读读看吗?"她说,然后放下一本书就离开了。这就是他们两人出现交集的开端。

老板自从七岁失明之后,已经过了二十年视障者的生活,是面对黑暗的老手。老板当然懂得点字,但是他平常主要都是利用电子图书馆，透过语音读书机来阅读书籍。老板是生活在现代的年轻人，头脑也很聪明，很清楚可以运用什么渠道来获得信息，让自己的生活变得更愉快。

不过难得读点字书后，发现书中有不少输入错误的地方，反而增添了不少乐趣，让老板出乎意料地喜欢相泽带来的书。

"我可以请你帮忙点译非儿童文学，内容比较成熟一点的书吗？"老板甚至还主动对相泽提出要求。相泽带来的第一本书是《红发安妮》，后来还有《苦儿流浪记》跟《骑鹅历险记》，全都是老板小时候就读过的故事书。

不晓得是不是因为相泽小时候没怎么看书的关系，她似乎完全没发觉这些全都是儿童读物。相泽很不好意思地说："如果你有特别想看的书，我可以帮忙点译。"

然而老板却提出为难的要求："不是的，我是想看相泽女士挑选的书。"于是相泽的义工工作便从挑选书籍展开。相泽还曾经抱怨这是其中最累人的步骤。

依照我的判断，相泽的年纪大概落在五十几岁中段。可是在她的身上，却看不出与年龄相符的威严感。我想她应该是已经不需为孩子操心的主妇吧。平时过惯了以丈夫与孩子为中心的生活，让她无法尽情地把时间花在自己身上，所以才会通过义工活动来消磨闲暇吧。她的言行举止谦虚有礼。明明年纪就跟老板的母亲差不多，但是他们两人之间的对话，却像是父亲与女儿一样，令人莞尔。

摆钟响了三声，到下午开店的时间了。老板走到店门前，打开玻璃门，再度把我挂起来，摆回平常的固定位置。

老板开始读起相泽刚刚带来的恋爱小说。大约每读五页，他的脸上就会露出微笑。看来那应该是本令人会心一笑的故事书，不然就是相泽又打错什么字了吧。

我迎着风，想象老板阅读的故事内容。故事舞台是在海的另一边，背景是久远的时代。我想象着老板是一名王子，而我则是敌国的女王。两人一起携手度过重重患难，最后终成眷属的剧情虽然不错，用悲剧收场也挺罗曼蒂克的。在我的想象故事里，老板的双眼一样也是看不到。因为失明是他人格的一部分，这个设定删不得。

小时候的透，有一双洋娃娃般的玲珑大眼，皮肤又白皙，平常总会直愣愣地从店里跑出来，从我的底下钻过。因为性格粗鲁莽撞，他还曾经被路上的单车给撞个正着。他蹲在地上啜泣的脸庞，至今我都还记忆犹新。记得那时候的他真是个爱哭鬼呢。

从他七岁失明时开始,我就再也没看过他哭泣的模样了。也许他的眼泪也跟光明一起消逝了吧。

透失明的原因,我一无所知。

当时,透的父亲是一名上班族,而他的妻子,也就是透的母亲则负责经营和果子店。因为店里也有其他员工,我都听得到他们聊天的对话,只是我从来没听谁谈论过透的眼睛。

商店街虽然禁止车辆进入,但是允许商家的车子进出。

某天,母亲准备开着小货车出门外送时,透在店门口闹别扭哭哭啼啼起来,逼得母亲只好让透坐上副驾驶座。记得就在小货车发动的时候,透还稍微瞄了一眼店门口,表情看起来得意扬扬。看来他是靠着假哭,才成功上车的吧。我用力摇摆着身躯,在心里祝福他"一路小心"。

那就是透最后一次用眼睛看我的时候。

几天后,我突然看见透倚着墙壁一步一步地在走路。刚开始我还以为他只是在玩某种"游戏",后来我才渐渐发现事实并非如此。

以前跟透玩在一起的邻居小孩,都会背着书包出门上学,可是透却一直待在家里面。过了一阵子,家里突然不见透的身影，之后我才知道他进入了住宿制的启明学校就读。

每次当透回到这个家，他都会长得比之前还要高壮，吓得我都以为自己认错人了。他变成一位面容和蔼，待人客气的青年，从不会露出生气或是哭泣的一面，。

透进入启明学校后没多久，母亲就再也没有出现在店里了；他从启明学校毕业的时候，父亲也离开了人世，留下透一个人孤苦伶仃。接着过了不到一年，那个男人就出现在我们眼前，透也正式开店做生意。

那个男人虽然是个危险人物，但要是没有他的出现，透也不会开始从事寄物商的工作吧。

今天一大早就有客人来访，所以我猜接下来应该只需要静静凝望着老板读书的身影就好。

时钟响了七声，天色逐渐昏暗。正当老板将手伸向我的时候，有一位客人走了进来，是一个小男孩。看起来应该是初中生吧？他身穿深蓝色的制服，手提深褐色的旅行包。

"我想要来寄放东西。"

是没有听过的声音。

老板说："这边请坐。"请他坐上坐垫。少年听话地脱下运动鞋，进入和室。

少年把深褐色的包搁在榻榻米上。那是一只不符合他的年纪，像是中年大叔会提的包。

老板用手摸摸包，稍微提一提确认重量，但是他并没有拉开拉链。这也是他一贯的服务态度。

"请问要寄放几天呢？"

"一天。"少年说完，把握在手中的百元硬币放在榻榻米上。

只寄放一天，就等于是来"丢垃圾"的吧。虽然他看起来不像不良少年，不过他或许是那种喜欢以捉弄大人为乐的小孩；不然就是正处于叛逆期，想把父母的宝贝故意藏起来，让大人伤透脑筋也说不定。以前店里都曾碰过这种案例呢。

老板照例地开口询问："请问贵姓大名呢？"

"我不知道。"

什么不知道，这是在玩什么把戏啊？

老板稍微想了一想，对他这么说："是有人拜托你，把这个包包拿来寄放的吧？"

少年点点头。虽然老板看不见，但他似乎感受得到肯定的氛围。

"明天会过来拿东西的人是你吗？"

"我不知道。"

"看来那个人似乎没有托你明天来拿回去啊。"

少年又再度点点头。

"为了确实交还到那个人的手上，可以告诉我对方是个怎么样的人吗？"

少年歪着头想了想说："那个人穿着红色的衣服。"

他似乎不认识对方的样子。难道是路人拜托他的吗？

红色的衣服。看来那个人应该不是男性，而是名女性吧。为什么对方不自己过来呢？

"除了穿着之外，那个人还有什么其他特征吗？例如声音或说话方式。"

"我哪知道。"

少年低下头，不晓得是不是因为觉得很不自在，他的身体不安分地扭来动去。大概是觉得自己的任务已了，心里只想着要赶快回家吧。

老板用沉稳的语气说："那么本店就代为保管了。如果明天没有人来领取，本店会妥善处理，请不用担心。"

老板说出了"处理"一词。看来他也觉得包包里面装的是垃圾。

就在少年穿上运动鞋,准备走出店里时,他忽然像是想到了什么,回过头来说:"那个人会咳嗽。"

老板顿时吓了一跳,正打算开口回问的时候,少年已经离开了。之后老板便一脸失神地"凝视"着抱在膝上的包。

听到"咳嗽",让我想起了某位女性。想必老板的脑中,也浮现出了那位女性的身影吧。

老板拉起拉链头,拉开大约十公分左右的缝隙。这还是他第一次对寄放的物品这么做。看来这激发了他十足的好奇心。不过他似乎又打消了念头。只见老板再度拉上拉链,抱着包走进屋内房间。

结果这一晚,老板就没有再从屋内走出来了。我就这样被晾在门口,等待早晨来到。

隔天早上,老板像往常一样来到店里。

一切都是一如往常。无论是用抹布擦拭和室,还是清洁玻璃柜,全部都和平常没有两样,只不过是省了一项"把我挂在门口"的动作而已(因为我一直被晾在外面嘛)。

接下来老板便一边读着恋爱小说,一边等待客人的光临。他的表情僵硬，看不见每读五页就露出一次的微笑。或许也有可能是我想太多，但我总觉得老板似乎是在认真地竖起耳朵。

他大概是在等待那位"会咳嗽的红衣女子"吧。像他这样专注地侧耳倾听，好像连一百米外的咳嗽声也听得见。

话虽如此，连我自己也在等着那个人。

现在回想起来，她真是个无趣的女人。平常负责经营原本该由丈夫继承的店铺，但因为患有气喘，每到傍晚就会止不住咳嗽。尽管辛苦，她还是不吐任何怨言，就算怀有身孕，直到生产日当天她都还守在店里，而且产后两周就立刻回到工作岗位。等宝宝的脖子硬了，她就把孩子背在身上，寸步不离地细心照顾。

她是一个面无表情的人。就算想用颜色来比喻她，脑中也浮现不出适合的颜色。我不晓得她是出于什么因缘际会嫁来当媳妇，不过无论是为人妻子，抑或是为人母亲，她都像是在做任务一般地完成工作。

店里突然不见她的身影时，我的心头浮现出某个想法。

透会失明的原因，是不是身为母亲的她害的？虽然我还不确定，但一切却很符合逻辑。他们坐上小货车出门后，应该是发生了什么事情吧?

就我所知,以前的她凡事都很小心谨慎,不曾犯过什么错。如果她的确犯下永难磨灭的过错,那么这就是她唯一铸下的错误。

无论是周遭变化还是社会弊病,什么都愿意坦然接受的她,是不是无法容忍自己的错误呢?

她就是如此在爱着儿子吧。

我没有打算要指责逃跑的她。她并不是个冷血无情的人,至少身穿红衣的打扮就是令人感到欣慰之处。因为这代表她或许出现了一点改变。

这一天过了十一点,老板依旧没有把我卸下来,继续守在店里。他一面猛读着恋爱小说,一面等待客人,直到时钟发出了七下声响。

老板把我拆下来的时候,又恢复了往常和蔼的表情。

红衣女子没有现身,那只褐色的旅行包已归老板所有。

接下来的三天,店里一个客人都没有。

老板读完恋爱小说后,拿出以前读过的书重新开始阅读。不晓得老板喜不喜欢恋爱小说,老板的心是个谜团。如果这个家可以再多住一个人，就能从老板与那个人之间的对话中，探索出老板的心情了。

　　下一个钻过我底下的人是相泽。

　　距离她上一次来只隔了四天，这次的速度未免也太快了些。以前从来没碰过这种情况。相泽一如往常地带了个布巾包裹。只是包裹的外形跟平常不太一样。

　　"今天我来是想要寄物。"

　　相泽这么说，坐上了客人专用的坐垫。

　　老板端正地跪坐在相泽面前，谨慎地收下布巾包裹，用手摸了摸外形后，脸上的笑容便消失了。

　　"请让我寄放在这边一个月，这样是三千一百元对吧？"

　　相泽从钱包里拿出三张千元大钞和一枚百元硬币，搁在榻榻米上。

　　"我把钱放在两点钟方向的位置了。包巾我等一下还要拿回去。"

　　为眼睛看不到的人说明物品位置时，经常会使用时钟指针的方位。

　　老板把手伸向两点钟方向，确认好钞票的种类和张数后，他连伸手拿起百元硬币的意思也没有,就急着解开包巾的结。看来老板似乎更在意这一边。

包巾里露出了一个长得像螃蟹的机器。

相泽开口说:"要是一个月后没有来领回,这就会变成你的东西吧?"

老板沉默不语,相泽便自顾自地说着:"难不成,你是在担心我的眼睛吗?"

老板点点头。

"我还看得见啦。虽然未来的事情很难说,但是用不着担心。"

"那为什么要寄放这个?"

"因为我想从点字打字机毕业,好好来学习计算机。"

老板的神情顿时亮了起来。

"现在好像已经有转换点字的软件了。我觉得利用计算机应该能打得更快速,对眼睛的负担也比较轻,还可以减少错误。可是到了这把年纪,要学习新东西可是需要不少勇气啊,总不能一下子就半途而废吧。所以为了不让自己又逃回打字机的怀抱,我才想把机器寄放在这里,让自己可以专心学习计算机一个月。"

"太伟大了！"

"像这样对桐岛发表宣言，也是我的计划之一。这是为了督促自己不要轻言放弃。"

"我很乐意为你保管。"

老板一脸好奇地触摸着打字机。我也是第一次见识到点字打字机。它的模样看起来十分复杂，长得就像只螃蟹一样。

"今天你可以稍微听听我的故事吗？"

相泽这么说着，眼睛瞄了瞄外头的天色。已经是日暮低垂的时候了，离打烊还剩下三十分钟的时间。

"我去把门帘拿下来吧。"老板说，不过相泽却答道："保持原样就好，这样比较能够平心静气。"仿佛我也被视为自己人一样，这让我感到高兴不已。

紧接着相泽便开始慢慢谈起自己的事情。那是对我而言，与印象中的相泽天差地远、超乎意料的故事。

"我上面还有一个哥哥。其实我对自己的父母没什么印象。小时候，我就一直和哥哥在一起。虽然家里偶尔会有大人出入，但我却分不清楚谁是爸爸、妈妈。"

说到这里，相泽不好意思地轻轻笑了笑。明明一点也不好笑，她却莫名地笑了出来；反观老板，他的表情却显得有些僵硬。

"只要说自己肚子饿了，就会被骂得狗血淋头，所以我总是躲在哥哥的身后。因为平常老是空着肚子，我的脑袋经常是一片空白，让我记不太清楚那段日子的事情。只有哥哥会关心我，跑去其他地方拿吃的给我。"

相泽发出细小却又清晰的声音缓缓道来，老板则是静静地侧耳倾听，就连点头的动作也没有。

"哥哥跟我都上过小学。营养午餐简直就像在做梦一样呢。就算闭嘴不说话，也会有人给你吃的。餐盘上的东西全都是自己的，不用担心被其他人偷走，慢慢吃就可以了。但是基本上，学校是一个很痛苦的地方。从同学间的对话中，我发现什么叫作普通家庭，这让我感到很沮丧。"

老板依旧是一语不发，面不改色。相泽也是一样冷静。不过老实说，我个人却是十分惊讶。因为相泽看起来，就像是在平凡安稳的家庭里长大，然后又拥有一个平凡安稳的家庭。

"上了初中之后，哥哥就不去上学了，好像跑去什么不良组织里工作的样子。他大概是想要赚钱吧。可是他明明自己都逃学了，却不准我不去上学。所以我就努力地把初中念完了。虽然哥哥让我继续读高中，可是我实在很讨厌待在同年龄的团体里面。这就好像是去学习自己有多么与众不同一样，让人坐立难安。"

我已经很明白为什么相泽会带《红发安妮》跟《苦儿流浪记》来了。毕竟光是生活就忙不过来了，哪里还有闲工夫去阅读儿童文学嘛。

"初中毕业后，我就离开家里，幸运地在附近的缝纫工厂找到工作。我在职场上就是个'普通人'。因为周遭有不少人都跟我有差不多的境遇，让我轻松许多。我跟三名同事一起租了间公寓，三餐也吃得正常。那段生活简直就像梦一样。"

我只是张门帘，不太清楚人间世事，但是从店里客人的对话听来，我以为所谓如梦似幻的生活，就是飞到另一个遥远的国家，或者是在手指套上闪亮耀眼的钻石。原来梦想还分这么多种啊。想必相泽那时候一定过得很幸福吧。只见她露出安详沉稳的神情说："到了适婚年纪后，同事们一个接一个结婚，搬离了公寓，但我还是依旧住在那栋公寓里。我从来没思考过结婚的事。打拼赚钱，然后填饱肚子，有个正当的工作。光是这样就已经够幸福了。"

忽地，一阵舒服的风吹了进来。我随风摇晃，相泽的头发也被吹得摇曳。刹那间，老板仿佛是要看看那阵风似的，把脸转向了外头。他当然看不到风。就算是相泽，她也看不到风。风还真是一视同仁呢。

"从那时候起，我开始很难跟哥哥取得联络。他说自己的工作会影响到妹妹的未来，甚至连电话号码也不告诉我。他总是喜欢突然冒出来，问我有没有遇到好对象。哥哥一直希望我能有个好归宿。他把自己无法怀抱的梦想，寄托在妹妹的人生里了吧。'虽然我是个笨蛋，但是你聪明多了。'哥哥他常常这样对我说。"

老板露出微笑。他说不定是在羡慕相泽。毕竟老板他没有兄弟姊妹嘛。

"那是十年前的往事了。有天哥哥突然出现在我面前，说最近有办法给我一大笔钱。那时候我觉得很不高兴。因为我已经隐约猜测到，这背后隐藏了什么事情。八成是组织要他做什么不良勾当，说好等他完成任务，就能拿到大把钞票吧。天底下哪有这么好的事！可是哥哥他不谙世事，似乎对这件事深信不疑的样子。尽管我不要钱，哥哥还是不打算收手，甚至露出像是在述说梦想的眼神，说这样就能为我准备嫁妆了。很难以置信吧？我那时候早已是个四十几岁的欧巴桑了。但是对哥哥来说，我依然是他可爱的妹妹，他还是愿意为我付出。"

说到这里，相泽一时之间闭上了眼，沉默片刻。她似乎有些喘不过气来。

老板露出和蔼的表情，默默等待着下一句话。时间静谧地流过。这是不需要勉强同声附和、柔和舒服的气氛。

大概是总算吸取到足够的氧气，相泽开始继续说下去。

"那是发生在工厂午休时间的事。就在我吃着饭团的时候，我突然在电视新闻上看到他的消息。屏幕上出现了哥哥的照片。上面还用白色字体写着'嫌疑犯'几个字。我吓了一大跳。新闻说哥哥开枪攻击国家的大人物，让对方受了伤。虽然那位大人物最后幸运地脱离了生命危险，哥哥还是因为伤害罪遭到了逮捕。"

老板的眉毛微微颤动了一下。

没想到会出现这样的发展！我等不及想听接下来的内容。

"我在那时候啊，生平第一次跑去旁听了那个叫作判决的东西。我心想着既然现场所有人都是哥哥的敌人，自己至少也要坐在后面，帮他壮大声势一下。可是呢，不管我有没有在现场其实都无所谓。明明找不到任何证据，整个流程却像搭上了输送带一样不断往下进行。哥哥只是服从组织的命令，结果却变成是我哥哥一个人的错。刑期一下子就决定好了，五年有期徒刑。哥哥他没有提出任何上诉，乖乖入狱服刑。我想哥哥他一定听不懂法庭上的对话，因为就连初中毕业的我也听不懂。"

老板紧紧抿着嘴唇。如果我有嘴唇的话，我一定也会这么做。相泽从手提袋中拿出了棉纱手帕，往颈部放上去。可能说了太多话的缘故，她开始冒汗了，只不过现在偏偏一点风也没有。希望起风的时候，风的心情却是反复无常，完全不懂得抓时机。

"我每天都在祈祷着，希望那位被哥哥攻击的人能早日康复。后来听到对方恢复健康，重回工作岗位的消息后，我就像是获得了些许宽恕一样，跑去探望哥哥。我只去看过他那么一次而已，因为哥哥他不喜欢我出入看守所。但是我去见他的时候，他看起来还是蛮开心的样子。组织恐怕是命令哥哥去杀人的吧。可是哥哥最后却下不了手。毕竟他是这么善良的人，这也勉强不来。我把被害人恢复健康的消息告诉哥哥。哥哥一听，眼泪立刻就掉了下来，还对我说：'有我这种笨大哥在，真是对不起。'"

相泽说到这里时，在停顿处眨了眨眼睛。她看起来是在强忍着泪水。

"最后哥哥抬起头，露出满是希望的眼神，说他进监狱之前，遇到了一个大好人，还说他出狱后就要去找那个人。我的心底冒出了不祥的预感，猜想他一定又是被什么人给利用了。亲切的人肯定都是不怀好意。我问他对方是谁，他就告诉我一家位于明日町金平糖商店街的西端，名字叫作'SATOU'的店。"

老板一脸纳闷地回问："SATOU？"

"对，哥哥是这么说的。他虽然不晓得那家店是在做什么生意，但是门帘上就写着'SATOU'几个字。大概是因为平假名的关系，他还念得出来。他指的就是挂在这里的门帘。"

老板把脸转向了我。他用那双看不见的眼睛，直直凝视着我。看来他总算是察觉到我身上的文字了。只不过现在可不是在意这个的时候。

"哥哥说他请店里的男孩子帮他保管了一样很重要的东西。他看起来还一脸高兴地说对方似乎有好好遵守约定。"

不晓得相泽是不是回想起哥哥当时的表情，只见她不禁泛起泪水，拿出手帕擦了擦眼睛。

"没有完成任务，又回不了组织，在警察追逐下躲进的店家，竟然会是这么温暖的地方，我想哥哥的心灵一定得到了慰藉吧。我还是第一次看到哥哥露出那么放松的表情。毕竟一直以来，他都是生活在尔虞我诈的世界里，看到有人愿意遵守约定，想必是高兴得不得了吧。只是还没等到刑期结束，哥哥就在狱中去世了。"

咦？

"因为从小就没有照顾好的关系，他的身体早就变得残破不堪。"

这是怎么回事？

那个拼命帮我拍掉身上泥巴的男人，竟然已经死掉了！

再也看不到他的身影也是理所当然。

饱受惊吓的我，忍不住开始摇晃身躯。相泽露出了不可思议的表情。明明没有风，门帘却在摇曳飘荡，她大概是误以为有人在外面偷看吧。

老板露出若有所思的神情"凝望"着相泽。老板当然不是用眼睛在看，而是用心在盯着她看。

相泽继续往下说道："因为没有盖墓地，所以我就先把哥哥的遗骨放在公寓里。化作骨灰后，我们兄妹俩总算能够团聚了，感觉还真是讽刺啊。我每天早上都会双手合十，默默想着哥哥的事情。像是小时候一起手牵手走过的路，或者是会突然现身在我的公寓，一脸害羞地递给我零用钱。另外还有明日町金平糖商店街的'SATOU'，哥哥在那里寄放了重要的东西。那句话成了哥哥的遗言。我比哥哥还要更清楚人间冷暖，也明白一般正常人的冷酷。我不晓得那里到底有没有遗物，而且就算真的有，我也不知道对方究竟会不会交给我。"

我的心情紧张万分。所谓的遗物就是那个东西。不过毕竟是相当危险的物品，一定老早就不在店里了吧。

"我花了三年时间，总算是买下了灵骨塔，虽然只是一个小柜子的塔位。安放好骨灰后，我才发现公寓的房间好宽敞，心里突然觉得好寂寞。于是顿时之间，我突然好想看看哥哥的遗物，好想把遗物收藏在身边。首先我找出了那条商店街，确定了那家店的存在。知道老板是位视障人士后，我便想起了一件事，就是工厂里有个同事，会替眼睛不方便的人代买东西，或是帮对方煮饭做菜。能够像这样融入别人的生活里，我觉得真是一件不简单的事情。

"于是我便决定假借点字义工的名义，打算借此潜入那个人的家里。我先跑去参加免费的点字讲习会，从学习点字的方法开始着手。外面还有所谓的点字社团，我就在那里借了点字打字机来练习。而且又因为计算机的普及，刚好有人在抛售打字机，我就用便宜的价格买下了机器。接下来我就花了一年时间点译好一本书。我只有初中毕业，根本没读过什么书，所以对我来说，点字翻译实在是个辛苦的大工程。但是这个工作却让我发生了改变。在点译每一个字的过程中，我开始觉得遗物怎么样都无所谓了。我只是想要见见哥哥最后相信的那个人。就在想法变得如此单纯之后，我把一本书交给了你。"

老板沉静地问："真－田－幸－太－郎？"

相泽回答："对。"

"对不起，我骗了你。我其实不叫相泽，我的本名应该是真田幸子。我虽然不清楚父母的个性还有长相，但是他们在我跟哥哥的名字里，都放了幸福的'幸'在里面。"

相泽……不对，幸子驼着背，低下了头。我想起那只死在老板膝上的猫。

老板笑容满面地说："我去拿遗物给你吧。毕竟你是他的家属嘛。"

幸子惊讶地望着老板,后背挺得很直。

老板消失在后面的房间里。

原来他没有处理掉那个危险物品啊……我的心情变得有些复杂。要是看到那样东西,不晓得幸子会露出什么样的表情,真是令人担心。

在等待的空当里,幸子不舍地摸了摸那台长得像螃蟹的打字机。因为她看起来实在有太多不舍,让我开始担心起这个人的眼睛,该不会真的出了什么问题吧?说不定眼睛的病情其实很不乐观,可能需要接受困难的手术治疗,但是她却无法负担高昂的医药费。或许她今天来到店里,是想把这一次当作亲眼见到遗物的最后机会吧。

这也许是她最后一次来店里了。

这么一想,我的心里就觉得好寂寞。幸子跟老板之间的对话,还有老板用指尖读书的身影,这些对我来说,都是相当重要的日常风景。

好了,老板又走回来了。哎呀?这是怎么回事?老板竟然抱着那只褐色的旅行包,就是红衣女子委托少年带来寄放的那只包。

老板小心翼翼地抱着包,一语不发地坐了一会儿后,毅然决然地将包摆到幸子面前,直截了当地说:"你哥哥告诉我,说他以后有一天要把这个包交给妹妹。"

我吓了一大跳。那根本不是真田幸太郎的遗物。

那是客人花了一百元寄放,现在已经归老板所有的包。

而且话说回来,真田幸太郎压根没提到妹妹的事情。

幸子战战兢兢地拉开包的拉链,轻轻地"啊"了一声——包包里塞着满满的钞票。

啊啊,这是怎么一回事!

老板的脑子烧坏了。

要是我能够发出声音的话,我真想这么说。

"那不是你的东西吗?"老板问道。

那是母亲在离家之后拼命攒下的钱。她究竟是抱着什么样的心情才存到这么一大笔钱?她肯定吃了很多苦吧。结果老板竟然要把这些钱送给别人。为什么?

老板的脸上没有任何迷惘,看起来神清气爽。

虽然老板原本就很美丽了,但是现在的他,正闪耀着灿烂耀眼的光芒。

看着那张脸庞,我的心里有一点,虽然真的只有一点,开始稍微明白老板的心情了。收到母亲的心意,他已经心满意足了。那份满足感,大概庞大到可以分享给别人吧。

老板藏着永无止境的黑暗与孤独。

我仿佛看得见,却又好像看不见。

但我想那个包一定帮他抹去了心中的那些部分。

所以对他来说,他已经不需要那个包了吧。

幸子的双颊微微变红,凝视着钞票好一阵子,刹那间露出怀疑的眼神投向老板。老板当然看不见这一幕,甚至还语气开朗地继续说道:"本店就代为保管这台打字机。等你学会计算机后,还麻烦你再带点字书来吧。"

幸子看向后面的房间。房间暗得让她什么都看不到。现在店里必须靠着路灯的光芒,才能勉强看得见周遭的东西。

幸子拉上拉链,简短地说了句"那么下次见",离开了店里。

老板站起身,把我从店门口拆下,卷好后立在一旁。接着他就抱起闪闪发亮的螃蟹走进了屋内。

隔天早上,伴随着丁零零的声响,背着书包的小女孩来到店里。就跟上一次一样,时间正好是早上八点。

"早安。"小女孩一打完招呼,老板便笑脸盈盈地迎接她,"早安。是柿沼奈美小姐吧。"老板请她稍等一下,随后消失在屋内。

小女孩坐上高起的和室边缘,把书包抱在膝上。

老板一走回来,便把小女孩寄放的"纸"交还她。小女孩接下那张纸,收进书包里。

丁零零的声音响起。小女孩已经背上了书包。她看着老板的脸说:"我走了。"她的声音精神饱满,响亮有力。老板笑容满面地说:"路上小心。"

小女孩踏着坚定的步伐离开了店里。

老板再度开始读起书来。

那张纸会是分数很低的考卷吗?会是作文纸吗?还是信件呢?又或许只是一张白纸也说不定。

那个小女孩还会再来店里吗?比起第一次光顾的时候,今天的她变得开朗多了。她可能再也不会来了,也有可能还会再来光临。

一个月之后,曾是相泽的幸子会过来拿回打字机吗?还是就这样消失无踪呢?天晓得呢。

还有那位红衣女子，以后有一天会再回到这里吗？

我不知道。恐怕连老板自己也不晓得吧。

老板就是在这里，等待着未知的可能性。因为等待就是寄物商的工作嘛！

我想这个地方，应该就是大家的归宿吧。

是永远守在这里，等待大家回来的地方。

克莉丝蒂先生

我的上面什么都没有。

我的下面拥有一切。

因为我就悬挂在天花板上。我也不是自愿这样的，但是我打从出生开始，就一直被挂在这里了。

我的下面并肩排列了好几辆单车。每辆车都新得闪闪发亮，也分别附上了合理的价格牌。红色、蓝色、绿色、金色、银色，色彩缤纷，也有黄色跟黑色的单车。大家没有胡乱地躺在地上，每辆都站得威风凛凛。没有一辆车是像我这样被挂在天花板上。

这里是家单车行，号称世界规模最大的店。我并没有实际到世界确认过这件事。这是因为我一年到头，都被挂在这里的天花板上，世界就在我的下面，我只能默默看着，就算想摸也摸不到。我看得见的世界就是这间单车行，以及窗外的景色而已。

听单车行的老爹说，这里似乎是"全世界规模最大的单车行"。大部分客人听到这句话，都会点点头说："嗯嗯，说得没错。"所以我想这里应该就是世界第一的单车行吧。

店里的窗户很大，大得不得了。店门口从上到下，一整面全都是窗户。窗户外面有一条大马路，公交车和卡车熙攘来往。路上也会有单车经过。虽然在外面行驶的单车，不像下面排排站的单车那样光鲜亮丽，但是却神采飞扬。它们灿烂的不是外表，而是灵魂。在我眼里，行驶的单车看起来耀眼夺目。它们的模样，比挂在天花板上的我还要帅气好几倍。

老爹会对客人说："现在超市和大卖场都在卖单车。在锅子和棉被的旁边，就摆着单车在卖。那种的都很便宜啦。所以很多客人都会选择去那里买单车。可是啊，你可以自己去那里试骑看看。骑完之后再来跟我们的单车做比较。骑起来就是不一样。所谓单车啊，最重要的就是组装。这里面可是藏了很多玄机！由我们这种专家来操刀，才能让单车发挥出原有的最大力量。千万别小看组装的步骤。现在也有人会邮购单车回去自己组装，但如果不是特别有研究的单车迷，根本没办法组装好。他们会以为自己已经组装得很完美，那是因为他们根本没骑过真正的单车。要孕育出真正的单车，除了需要用心的制造商之外，还必须要有专业的组装技术。这位客人，您听好啰。就当作被骗一次看看吧。如果想要一辆舒适又耐用的单车，来我们这边买准没错。"

客人听完都会佩服地点点头，可是却不曾有人开口说"那我要买这一辆"。他们只会四处摸一摸单车，说声"我下次再来看看"，然后转身离开。最后再也不会看到对方来光顾了。

尽管单车的销量不尽理想，单车行的老爹却很忙碌。所谓的单车，有时会爆胎，有时也会刹车失灵。客人会把损坏的单车带来，修理修理再修理。这就是老爹主要的工作。

当客人带着坏掉的单车来，老爹都会说："才刚买三个月？这是在站前的超市买的吧？仔细看，就是这里，因为当初在组装的时候，都没有特别注意到这里。所以现在只要稍微多加点负担，车身就会出问题。下次要买单车的时候，建议你最好还是去单车行买吧。只要组装得实在，就不会那么容易出状况。虽然价格多少会有一点贵，但是你可以当成是先付一笔修缮费，去单车行买比较安心。"

客人"嗯嗯嗯"地搭腔，钦佩地点点头，满足地看着修好的单车，像是听了一席金玉良言般地应声附和，笑容满面地离去。但是这位客人以后再也不会来光顾了。因为老爹的技术高超，会帮客人仔细修理，让单车不再出现问题。就算要出毛病，也是好几年之后的事情，客人到时候大概会以为是单车的寿命已到，会直接换辆新车吧。

即便如此，老爹还是赌上单车行的自尊，将单车修理到完美。因为老爹是真正的单车专家。我知道老爹双手的温暖。

在我刚完成的时候，他满足地嘀咕着"很好"，拍了一下我的坐垫，然后一脸骄傲地把我挂在天花板上。他有时候也会把我搬下来，帮我做做保养。那个时候我就想，恐怕不会有人想要买我回家吧！何不干脆让我成为老爹的单车呢？

就像老爹拥有单车行的尊严一样，我也有身为单车的尊严，我不希望自己一辈子就这么被挂在这里。我想奔驰在马路上。真不晓得那会是什么感觉。

那一天天气晴朗。

玻璃门被打开，有客人走了进来。是一位西装笔挺的绅士，还有一位差不多初中生年纪的少年。少年身穿深蓝色的制服，顶着一头卷发，淡褐色的头发看起来毛毛躁躁，皮肤白皙，身材就像女孩子一样纤细。

"你喜欢哪一辆？"绅士对少年说道。

客人上门的时候，老爹不会立刻上前招呼。他觉得必须要先让客人尽情地到处看看。如果马上过去攀谈，很容易让客人提高警戒转身离开。先暂时放客人独自逛逛，这就是老爹做生意的方法。

大部分的客人在自由地浏览后，最后还是会主动向店家开口提问。这个时候，老爹就会恭敬有礼地接待对方。只是我觉得就算这么做，客人到最后也不会买，那倒不如干脆直接上前做介绍，让客人早早离开比较好。

但是对老爹来说，单车不单单只是商品，它们更像自己的作品，或者亲生的孩子一样，光是有人在一旁欣赏，就足以让他感到高兴了吧。

"这种的怎么样？"西装绅士说着，拍了拍眼前那辆绿色单车的坐垫。看来他的眼光挺不错。那是日本制造的新型号，相当受欢迎。虽然在这里一辆也没有卖出去，但是我常常看到有人骑在路上。

"怎么样？这辆很帅气。上面写着十六段变速呢。真是不敢相信啊。记得爸爸小时候，只要有两段变速就算是最新款的了。"

爸爸……原来如此，他们是父子啊。

少年握着把手，瞄了一眼价格，脸色黯淡下来。他握了旁边灰色单车的把手，又握握蓝色单车的把手，眼睛环绕了四周后，视线最后停留在一辆黄色单车上。

他轻声地说："像是这一种的。"

只见绅士拍了拍少年的肩膀。

"你在担心太贵吗？刚，你这个傻瓜，平常已经够辛苦了。今天没关系，别在意什么价格，毕竟这是庆祝你升高中的贺礼嘛。爸爸都在摩拳擦掌了呢。"

"可是……"

"爸爸很高兴。你实在太厉害了。不但考上顶尖高中，而且还是公立学校。学费便宜多了。你真是懂得孝顺父母的好孩子。你要骑单车上学对吧？如果车子不帅气一点，小心会被朋友看不起，更重要的是会交不到女朋友。"

那名叫作刚的少年"嗯"了一声。

"爸爸会帮你跟妈妈说清楚，没什么好担心的。"绅士说。

这时候刚满脸通红地说："不要跟妈妈说。我自己会好好跟她说明的。"

绅士说着"我明白了"，把手放到刚的头上。看起来简直就像是在对待幼儿园小孩一样。他还真是宠爱儿子啊，我心想。

就在此时，一只纹白蝶从外面飞了进来。

刚跟绅士的眼睛都看向了那只纹白蝶。纹白蝶翩翩地飞呀飞，像是喝醉酒似的徘徊了一阵子后，最后竟然停在我的右边把手上。

刚跟绅士仿佛是第一次发现我的存在,眼睛直盯着我这边瞧。同时受到两双眼睛的注目,我得意扬扬地秀出灿烂光辉。

刚伸出手指了指我。

"爸爸,那辆……"

话说到一半,刚显得有些踌躇,但他还是咬牙说出了口。

"我喜欢那辆浅蓝色的单车。"

此时单车行老爹立刻上前搭话。

"那辆车叫作克莉丝蒂,是很少见的型号。"

绅士转头询问老爹,"克莉丝蒂?我从来没听过。是哪一家的牌子啊?"

老爹走近两人开口说明:

"制造商其实是间小公司。是某位原本为世界第一大单车制造商担任首席设计师的男子所创立的。他因为妻子去世辞去工作,在家里窝了十年,不过就在五年前,他睽违许久制作了单车。由于是个人经营,所以件数相当少,这就是他最初期的设计,还用太太的名字来命名。之后,因为又发布了新款,其中一辆旧款就流到我们这里来了。"

绅士和刚都露出炯炯有神的眼神在聆听。他们似乎很满意我的背景经历。单车行老爹继续往下说:"现在这款车型全日本只有一辆而已。外形很美丽吧?"

"这应该是非卖品吧?"

"不是非卖品,只不过价格不是很亲切。"

老爹说完后敲敲计算机,把数字秀给绅士看。绅士吹了声口哨。

"这还真是不便宜啊。"

语毕,绅士皱起眉头,双手交叉在胸前看着刚。只见刚撇开眼说:"我还是不要了。"

绅士笑了笑,开口说:"请给我这一辆。"就在这瞬间,刚倏地抬起头望向父亲,双颊变得通红。

他肯定很高兴吧,一定高兴得不得了吧。

于是乎,我从天花板上被拆了下来,成为十五岁少年笹本刚的所有物。配合刚的身材体型,单车行老爹仔细地为我调整、上油,用干抹布把灰尘擦得一干二净,把我整理得漂漂亮亮后才交给了刚。

最后单车行老爹对刚说:"如果单车出了什么毛病,记得拿到我们这里修理。"

"毛病?"

"车身受到撞击就会留下伤痕,要是放着伤痕不管,很快就会生出铁锈。你随时都可以拿单车过来,我会帮忙保养的。"

刚点点头,牵着我走出店外。老爹这时候再度出声唤他。

"要是轮胎没气了,这边可以帮忙充气。有空就骑过来绕绕,检查一下状况。"

老爹看起来一副百感交集的模样。这可是笔大生意,他大可开心一点啊。

来到店外,我打从出生以来第一次接触到户外的空气,感觉真是清爽。刚一脸骄傲地紧握手把,跨在我身上。

"爸爸,谢谢你。"

刚这么一说,绅士笑容满面地伸起一只手,坐上了停在店门口的汽车。那辆车不但气派,还闪耀着黑色的光芒。引擎发动了。车子缓缓地开到大马路上,轻轻响了两声喇叭后,便咻的一声加速开走了。

我吓了一跳。

因为他们是父子,我还以为两人会一起回家。对了,原来是这样啊,大概是父亲还有工作吧。大人要去上班,小孩要去上学。我完全忘记这件事了。

仔细想想,其实我算是从没离开店里一步的温室花朵。

虽然老爹工作时播放的广播让我多多少少可以掌握到社会脉动，但那些也不过是毫无实际经验的空泛知识而已。比方说，我知道地球是圆的。换句话说，只要一直往前走，就会回到原来的地方。我虽然明白这个道理，可是我却不知道要走多久才能回到原地。

在未来，我应该还会碰到更多令自己诧异的事情吧。这并不代表这个世界错了，只是因为我缺乏经验而已。

我想要吸收一切，每天学习新的事物。

接着，我上路了。

这是我从出生以来，第一次在路上奔驰。

刚的操控技术一流，我跟他一起畅快地行驶在大马路上。这就是我长久向往的"奔驰"。我终于实现了梦想。柏油路跑起来好舒适，车轮旋转得痛快。我感觉到了风。风是水蓝色的，我自己是这么认为。我也是水蓝色，跟风融为一体。奔驰，真是太赞了！完全超乎我的想象，啊啊，这该怎么形容才好，真难以言喻。

我现在正在发光。这是我这辈子最灿烂的时刻。

我的灵魂闪闪发光！

刚的喜悦跟我一样澎湃，从紧握把手的掌心，隐隐传来他的心情。

刚喜欢我，我也喜欢刚。这辈子，我们两个要一起走下去。在风中，我许下承诺。

骑了一阵后，刚停了下来。他跳下我的身体，推着我往前走。他大概是骑累了吧。只见他走进一条奇怪的街道。这是一个叫作商店街的地方，据传闻听来，这里好像禁止路人骑单车或开车。一路上我遇到了好几辆单车，不过每辆车不是一边载着沉重行李，就是有小孩子坐在上面，然后一边被人推着走。

放眼望去，没有一辆单车像我一样帅气，大家全都是一种叫作菜篮车的老旧车型。我被推着走在商店街上，使尽全力地散发光采。

难不成刚是想要炫耀一番吗？那些老古板的单车一看到我，都不禁发出"哦哦"的赞叹声。

哈哈哈哈，是我赢了！

虽然搞不太清楚，但心里满是胜利的滋味。

商店街的道路很狭窄，我差点就要撞上一辆不近人情的古板单车，吓得我胆战心惊。因为对方的身上载着大型行李，我便向他说了声"辛苦了"，对方回答："哎呀，好一个年轻人。真是帅气呢!"

我很帅气。我自己也这么认为。不单单帅,更重要的是,我在路上奔驰过了。我是真的很帅气。我心满意足。

走了一段路后,刚的脚步停在一面蓝色的门帘前,偷偷探头看了看里面。尽管刚看起来很犹豫不决,不过他最后还是推着我钻过了门帘。

他是要进来买什么东西吗?

这家店比单车行要小多了。店里的玻璃柜被擦得亮晶晶,还有一间和室,里面坐着一位清秀的男子。

"欢迎光临。"男子说。

他跟单车行的老爹有着天壤之别。他们的相异之处,就是气质。他的气质十分高雅。男子有双淡灰色的眼眸,仿佛玻璃一般晶莹剔透,完全看不出他在注视哪个方向。店里只有这一位男子在,恐怕就是这里的老板吧。

刚站在原地说:"我可以把单车寄放在这里吗?"

我大吃一惊!

还以为自己会跟着刚一起回家。

这也是当然的吧?单车,正常来说都是摆在家里面吧?虽说是家里面,但大部分都是放在外头,例如院子或者是仓库。如果不固定放在家里某个角落,应该会很不方便吧?而且更重要的是,不晓得那位爸爸会怎么想。等他下班回到家,要是不见单车的踪影,一定会不知所措地问:"克莉丝蒂去哪了?"

还是怎样?难不成这只是我太不懂事,才疏学浅的关系而已?其实大家都是把单车寄放在这种地方?这是常识吗?

气质高雅的老板说:"当然可以寄放单车啊。这位客人,我们曾经有过一面之缘是吧?记得应该是一年前的事了。"

"对,"刚说,"但是上次那个包,是别人拜托我拿到这里而已。"

"是啊。当时你只是受人所托,我连你的名字都不知道。来,请上来坐坐吧。"

刚立起立车架,把我停放在石板地,脱下鞋子进入和室。

"第一次来本店寄物时,本店必须要先知道客人的姓名。"老板说。

刚盯着榻榻米说道:"笹本刚。"

"笹本刚先生,本店的寄物费一天是一百元。请问要寄放几天呢?"

刚稍微想了一想说:"三天。"接着他抬起头问:"这里早上几点开门?"

"早上七点开始营业。"

"三天后,我会在早上七点半过来拿单车。"

"我明白了。如果三天后没有来领回,单车将会归本店所有。"

"我绝对会过来拿。"

刚这么说完,便放下三百元转身离开。

我跟三百元都被刚留了下来。

那天晚上,老板把我搬进屋子里。屋里好像还有其他房间,但是我所待的地方,位于屋子尽头厨房后门前的空地上。这里一片漆黑,伸手不见五指。只见老板灵巧地移动着身体,丝毫没有受到黑暗的影响。过了一阵我才发现,老板似乎看不见东西。

老板的手和单车行的老爹不一样。老板的手皮肤细嫩光滑,白白净净的;而老爹却总是散发着油腻的味道,双手也干巴巴的。不过在老爹的掌心里,还有另一样老板手中没有的东西。

我就在还没搞清楚两人的差异下,度过了寂静的夜晚。

接下来的两天,我都像这样呆站在屋子里。虽然跟挂在单车行的天花板相比，在这里看不见什么东西，但是光凭声音，就足以让我明白这家店的来历。

这家店是在做一种叫作寄物商的生意，客人会来这里寄放各式各样的物品。老板收取寄物费，帮客人保管物品。老板的听力似乎很好，他记得住客人的声音，让他能像明眼人一样自如地接待客人。

寄物商。

这家店里没有难缠扰人的热烈情感，也没有纠缠不清的负面情绪。因为老板不像单车行的老爹那样，会絮絮叨叨地和客人说话。只要客人要寄物，他便来者不拒。不过这并不代表老板很随便，他拥有的是静谧的真诚。这里就是这么一个地方。

对，这就是我从老板手中感受到的东西。该怎么形容这种真诚才好呢？总之就是给人冰凉又平整的感觉；而单车行老爹的双手，则是更为凹凸又粗糙。

尽管弄清了寄物商和老板，我还是搞不懂自己的处境。我好不容易才脱离了天花板，奔驰在马路上，可是现在却要停在寄物商的屋子里。

这是怎么回事？这是社会常识吗？因为我太孤陋寡闻，

所以才会觉得这样很不可思议吗?

这个世界处处充满着谜团。我真的有办法生存下去吗?

三天后的早上七点半,刚准时出现了。

令我诧异的是,刚竟然伴随着吱吱嘎嘎的声音走了进来。他推着一辆生锈的单车。那是一辆漆着俗气的杏色、外形老旧的单车。

"我想要寄放到今天傍晚。"刚这么说,放下了百元硬币。他把杏色单车交给老板后,就推着新得发亮的我离开店里。

我就这么一头雾水地被推到商店街上。

刚穿着跟三天前不一样的制服,尺寸看起来似乎大了点。穿过商店街后,刚跨上我,骑上了大马路。

我奔驰在路上,跟刚一起奔驰。这样果然能感受到乘风而行的滋味。

我越跑越开心,越来越有精神,让我渐渐开始觉得,这个世界的谜团已经怎样都无所谓了。

跑了三十分钟左右后,我来到一处聚集了许多年轻人的地方,大家都穿着和刚一样的制服。这里就是传闻中的高中吧。是那个最顶尖的地方啊。刚的爸爸曾经骄傲地这么说过。

每个人都看起来聪明伶俐，骑着闪闪发亮的单车。不过其中没有任何车能与我匹敌。因为其他单车只要一和我擦身而过，都会不禁赞叹道："是克莉丝蒂先生！"谁叫我是单车界的巨星嘛。

我使劲地散发光采，展现出自己最完美的一面。

就是秀出"我很了不起"的态度。

刚把我放在一处停满单车的地方，上了锁。我的位置是七号，隔壁的六号位置，停了一辆糟糕透顶的单车。那是辆生锈的菜篮车。令我震惊的是，车身除了漆着幼稚的粉红色之外，上管上头还架了个给小朋友坐的儿童座椅。根本就是菜篮车之王嘛。

为什么高中里面会出现菜篮车啊？

我待在单车停车场等待刚回来。"你也太帅气了吧！""你的主人一定很爱惜你吧！"其他单车你一言我一语地向我攀谈。话说虽然是大家主动跑来奉承，但其实我也不敢老实说出自己现在被寄放在寄物商，只好开口吹嘘家里的停车场有多豪华。例如有屋顶遮风避雨，还会自动开灯等等；家里养了附血统书的狗狗，所以在家都不会觉得无聊；或者是美女妈妈都会向我道早安。谎言中尽是我的梦想和希望。

六号菜篮车一句话也没有说。想必她一定是对于不配停在高中停车场的自己，感到无地自容吧。

我想起了那辆寄放在寄物商的杏色单车。她实在是糟透了！因为主要是婆婆妈妈在骑的车型，前面还附了一个歪掉的菜篮。不过与其说是给婆婆妈妈们用，感觉好像更适合给老奶奶骑吧。应该取名叫老太婆菜篮车才对。

跟那辆相比，六号菜篮车似乎多少还是有在做保养，隐约感觉得到主人的爱情。

我在无意间开始思考，我的主人到底是谁？我想一定是刚没错。

刚爱我吗？

不久之后，刚回来了。朋友似乎在向他说"笹本，你的单车好帅"之类的话，只见他一脸开心地回答："那是我的升学礼物。"

紧接着我再度开始奔驰。跟刚一起奔驰。乘风而行。

在奔驰的途中，我的心里完全不会浮现出丝毫不安。没办法，因为我超开心的嘛。车手年轻又轻巧，骑车技术也很了得，而且年轻人又骑得特别快。

他是最适合我的主人。

刚太棒了!

只不过他今天又来到了商店街。当刚一从我身上跳下来,开始推着我往前走的时候,厌恶的情绪便悄悄爬上了我的心头。

刚又要把我寄放在那里吗?然后跟着杏色单车一起回家吗?

我猜中了。刚钻过蓝色的门帘,牵着我走进店里,向老板说:"又要麻烦你了。"这一次他说要寄放到明天早上。

老板答了声知道了,收下一百元,从屋里牵出了杏色单车。这时候我突然愣了一下。单车没有发出吱吱嘎嘎的声响。那家伙随着滑顺畅快的声音现身,上面的铁锈都消失了。甚至连原本歪掉的菜篮也修好了。虽然单车的造型依旧俗气落伍,可是却有一种脱胎换骨的感觉。

刚接过杏色单车,露出疑惑的表情。

看来光是推着单车,就能感受到车轮少了摩擦感,转动起来轻松顺畅。虽然刚想对老板说些什么,但老板已经先开口说了"路上小心",他也就默默地走出店里。

刚离开了。

老板用他那双真诚的手把我搬进屋内。

我在黑暗中这么思考。老板他并非只是单纯在保管，其实还帮忙保养了那辆旧单车。他的眼睛看不到，也不像单车行的老爹一样是个专家，想必他一定花了很多时间清理吧。

用他那双真诚的手在清理。

我觉得真诚非常重要。这样的人才会公平公正。老板把他的真诚，平均地分给了我和杏色单车。

但是我所追求的并非是真诚，我渴望的是更多热情。虽然我自己也不太清楚那究竟是什么颜色，也不晓得到底是什么形状。

不过那绝对不会是平整光滑，也不会是冰凉沁心。

之后，刚从礼拜一到礼拜五，每天早上都会过来接我骑到学校；在放学回家的路上，再把我带到寄物商去寄放。他一定会推走杏色单车回家。

礼拜六和礼拜天又是另一回事了。在其中一天的中午，刚会双手空空地过来，然后骑在与往常不一样的路线上。

我跟刚一起去看了巨大的高楼，也去看了高耸的铁塔。铁塔真是厉害，那样笔直地朝天际刺去，天空好像很痛的样子。

来到绿意盎然的公园时，我认识了树叶的气味。刚让我看到了这个世界。自从脱离单车行的天花板后，刚让我见识到各式各样的事物，不过他却不让我看我最想见到的东西，那就是刚的家。

那是发生在某个礼拜天傍晚的事。那天刚和我去爬了山，他似乎已经相当疲惫了。只见他一走进寄物商，就对老板这么说："每次都要付钱实在太麻烦了，我可以直接先付清一个月的寄物费吗？"

"当然没有问题。"老板说，接着他客气地继续说道："只要去车站前的单车停车场登记一下，一个月只要付四百元而已。"

刚沉默了片刻，"在这里寄放单车会给你添麻烦吗？"他问。

老板笑容满面地说："本店完全不介意。只不过笹本先生现在还是学生，每天像这样花一百元来寄物，对你多少还是会有影响吧？"

老板的眼睛虽然看不到，他却说中了刚的学生身份。看来他应该是从声音，或是光顾的时段等各种信息推测出来的吧。

"要是停在车站前，会被妈妈发现的。"刚说。

老板递出了坐垫,"如果不介意的话,可以跟我讲讲你的烦恼。"他说,"就算知道了什么事情,我也绝对不会泄漏出去。你要不要说出来让我听听?"

听到这番话,刚似乎犹豫了一下,但他最后还是脱下鞋,登上和室。

老板只是静静地坐在原位,完全没有要主动提问的打算。我突然想起了单车行的老爹。不用特别去招呼客人,他们自然会主动开口说话。看来连刚也不例外。

"其实我的零用钱已经快花光了,所以我也在想说差不多该到此为止了。"

老板点点头。

"上高中后我需要骑单车上学,所以妈妈就想尽办法帮我弄到了一辆单车,就是那辆杏色的……"话说到一半,刚忽地回过神,改变用词重新说了一遍。

"那辆旧单车是我们公寓隔壁的远藤送的。远藤说他年纪大了,已经没有办法再骑单车,正打算要把车子拿去丢掉。"

"所以那是远藤送的单车啊。"

"对,我妈妈是个很温柔的人。只要有钱,她一定愿意给我买单车。不过现在就算她早上去超市上班,晚上再去便当店兼差，她还是买不起单车。因为她正在存我的学费。妈妈这么拼命工作，都是为了让我以后可以去上大学。"

"因为单车不便宜嘛。"

"于是妈妈就把远藤送的单车给了我。"

此时刚沉默了下来。

接着老板立刻开口说道："远藤的单车造型比较朴实，跟年轻人骑的款式不太一样，所以骑着那辆车去上学感觉有点丢脸吧。"

刚吓了一跳。我也大吃一惊。老板虽然是个老实人，但是脑袋却很机灵。发现他其实听得懂话中含意后，我不晓得为什么松了一口气，就连刚似乎也放松了许多。

刚的嘴巴就像是上了油一样，顿时滔滔不绝起来。

"当爸爸问我想要什么升学礼物的时候，我忍不住脱口说出想要单车。明明妈妈都已经帮我准备好了。"

跪坐着的刚，将原本放在大腿上的拳头用力握得更紧。"早上我会从家里骑着妈妈给我的单车来这里，再换成爸爸买的单车去上学。"他说，然后用不屑的口吻补充了这么一句："我欺骗了妈妈。"

"这哪算什么欺骗，这是你对妈妈用心良苦吧。而且像你这种年纪的年轻人,一定都比较想骑帅气的单车嘛。"

刚说:"一般家庭或许是如此吧。"

"爸爸和妈妈在我上幼儿园的时候离婚,从那时候开始,我就一直和妈妈住在一起,爸爸现在则是跟别人一起生活。"

"原来是这样啊。"

"爸爸偶尔会跟我见个面,还会说要买东西送我,但是我以前全都拒绝了。"

"为什么呢?"

"因为妈妈很努力地在拉扯我长大。"

"这跟不拿爸爸送的礼物有什么关系呢?"

"妈妈为了我在打拼,可是爸爸却没有。爸爸是个有钱人,很轻松就可以带给我幸福。"

这个时候,门帘摇晃了。仿佛是在鼓励刚似的,一阵舒服的风吹了进来,只是刚的表情依旧僵硬严肃。

"妈妈低了好多次头,花了好多天的时间,才终于弄到一辆旧单车;而爸爸只要拿出卡片,就可以买到克莉丝蒂。他只要花几分钟就解决了。可是我却比较喜欢克莉丝蒂。"

此时老板开口说:"赚钱也不是一件易事哦。我想你爸爸一定也为了你做过许多努力。"

刚的双颊在转眼间变得通红。他似乎从来没有这样思考过。我是在单车行里长大,所以我非常清楚赚钱有多么不容易。或许是因为刚没有跟爸爸一起生活,他才不了解这份辛苦吧。说不定在他的眼里,只看得见妈妈的辛劳。

老板温柔地说:"如果你能告诉妈妈实情,我觉得她一定会为你感到开心。听到宝贝儿子现在骑着帅气的单车上学,我想没有母亲不会高兴的。"

此时刚发出巨大的音量。

"那当然!妈妈看到克莉丝蒂一定也会很开心!"

接着他又用微弱的声音说:"可是我……"

沉静的时间流过。刚似乎在摸索着自己的心情。最后他总算是找到了答案。

"我不喜欢。"

刚站起身说:"我明天还会再来。"然后就牵着杏色单车离开了。

明明被顶了嘴,老板的脸上却浮现着淡淡笑容,看来他好像很满意刚的发言。

你问我?

我根本什么都搞不清楚。

这个世界太复杂了。

不过，虽然这只是我的猜想，但我觉得刚应该是想要喜欢上杏色单车。可是他却无法顺利做到，觉得心烦意乱吧。我猜应该是这么回事，大概、可能。

一想到这，我的心情就变得五味杂陈。

因为这样一来，就会让我不禁开始觉得，这根本是刚和杏色单车间的问题，跟我一点关系也没有。

我的心情突然变得好寂寞。这个时候，老板用他那双真诚的手触摸了我。他用冰凉又平滑的手把我搬进屋内，开始用抹布擦掉轮胎上的泥巴。因为手法不是很熟练的关系，感觉起来不但很痒，也没办法清理得很干净。不过，他让我的暴躁心情冷静了许多。

那个时候我就心想，幸好他是个老实人。

过了一个礼拜，我像往常一样待在高中的单车停车场等着刚。正当五月的阳光让我忍不住打起瞌睡时，一阵噪声吵醒了我。

有个女高中生在旁边粗鲁地移动着六号的粉红菜篮车，她的手肘不小心撞到我，转眼之间，停在我右侧的整排单车跟着应声倒下。

嘎锵嘎锵！嘎锵锵锵！

仿佛世界裂开的声音顿时响起！

料想会听见单车们的惨叫——啊啊，这个臭女高中生！

可是在那之后，单车们却是一句怨言也没有。因为那位女高中生不但露出严肃的神情，认真地搬起一辆又一辆的单车，她还长得十分美丽。

她顶着一头直长发，皮肤白皙，大眼乌溜，还有坚挺有型的鼻子，以及水嫩光滑的嘴唇。她咬着水润的唇瓣，好好地搬起每一辆单车。所有的单车都屏气凝神，等着她来扶起自己。最先被扶起来的单车就是我，她的身上散发着迷人香气。这到底是什么味道啊？

了不起的人就连气味也是与众不同。

就在她忙着扶起其他单车的时候，粉红菜篮车第一次向我搭话了。

"真是不好意思。"

毫无心理准备的我，不禁慌了手脚。我顿时一句话也答不上来。

"你踏板上的支架受伤了。"

"有吗?"

"虽然只有一点点,不过你的身上留下伤痕了。"

我猛盯着粉红菜篮车瞧。她全身上下早已是伤痕累累,满目疮痍。现在根本不是担心我的时候吧。我的心声仿佛传了过去,菜篮车开口说:"我没关系。反正都已经被骑得这么破旧了,就算被丢掉也不奇怪。倒是你的身上一点也不适合伤痕。"

"不用介意。"

"我以前就见过你。你之前是挂在单车行的天花板上吧?"

"你见过我吗?"

菜篮车一脸不好意思地说:"因为我去那里修理过好多次了。挂在天花板上的你一直都是闪闪发光,就像月亮一样耀眼。竟然能在那个地方眺望世界,我觉得你好厉害呢。"

这样啊。原来在旁人眼中的我是那个样子啊。

"没想到竟然会有跟你并肩而停的一天,我真是太惊讶了。"

"为什么你不早一点跟我说你认识我呢?"

"因为你待在店里的时候,总是盯着外面看啊。在你的眼里，根本看不进那些需要修理的单车吧。虽然我认识你，你却不认识我，所以突然要我在这里跟你打招呼，总觉得怪不好意思的嘛。"菜篮车吞吞吐吐地说道。

我的胸口出现怦然心跳，说不定这就是恋爱吧。

"站在我的旁边，就是，那个……"

"什么？"

"开心吗？"我试着问道。

没想到出乎意料地，粉红菜篮车竟然叹了一口气。

"我也不晓得该怎么说好。前阵子去单车行修理爆胎的时候，那片天花板少了你在，看起来莫名的干净清爽，感觉变得好无趣。"

"老爹还好吗？"

"嗯，很好啊，只不过我实在不喜欢那里空荡荡的。"

比起老爹，菜篮车好像更注重空间的样子。

我这么说道："以后还会再挂别的车上去啦。"

我们聊得正起劲的同时，长发美女高中生依旧忙着仔细扶起单车，就在地上只剩下一辆单车的时候，一只手默默伸了出来。

刚不发一语地抬起了最后一辆单车。

女高中生笑眯眯地对刚说:"谢谢你。"

被刚抬起来的单车咋舌了一声,感觉就像是在表达"好不容易要轮到我了,结果怎么会是这家伙啊"。我懂我懂。

刚红着脸说:"你是B班的荒井同学吧?"

"是啊,你怎么会知道我的名字?"美少女说。

刚沉默不语。

那还用说嘛,像她这样的美女,男生老早在入学典礼的时候就已经锁定了啊。

抬完单车的荒井牵着粉红菜篮车往前走。刚则是一边推着我,悄悄地跟在她身后。

荒井回过头对刚说:"我从以前就一直觉得隔壁那辆单车好帅气,原来车主是你啊。"

"我是A班的笹本。"刚悄声地做了自我介绍。

荒井说:"我的这辆单车是妈妈用过的。哎,你看。你相信吗?我小时候也坐过这里呢。"

荒井用手拍了拍儿童座椅。

"你不拆下来吗?"

听到刚这么问,荒井说:"因为我一会儿还得去幼儿园接妹妹啊。接妹妹回家是我的任务。"

说到"任务"二字时荒井加重了语气,挺起胸膛。

我感到怦然心动,因为荒井此时看起来闪耀动人。站在她身旁的粉红菜篮车,也得意扬扬地闪着光芒。

她身上的光彩,就跟我还挂在单车行时,那些奔驰在外的单车不相上下。她们闪耀的方式一模一样,耀眼夺目。

荒井和菜篮车,是最完美的拍档。

回头看看刚,他则是呆呆地张着嘴杵在原地。快给我说点话啊,你这个笨蛋!像是说句"好厉害",或是问问"妹妹几岁啦""她可爱吗"之类的嘛。说什么都好,快把话题接下去啊!

我自己也是个笨蛋。明明想对粉红菜篮车说声"你真帅气",但我却说不出口。

荒井就像驾上白马似的跨上菜篮车。

"拜拜。"荒井说完,就顶着一头黑色长发飘逸离去了。

在回家的路上,刚和我一起奔驰。

真是奇怪。刚一脸严肃,骑在跟平常不一样的道路上。咻咻咻地骑呀骑的,疯狂奔驰,简直就像打算要绕地球一圈一样。

我拼命地跟上刚双脚的速度。

转啊！转啊！

眼前的事物通通消失在身后，所有的一切都化为过去，我们朝着未来前进。

我还能继续跑！跑到天涯海角也没问题！

刚上气不接下气，最后总算是停了下来。

在眼前等着我们的，是我从没见过的风景。

那是一片巨大的水洼。

刚开口说："到海边了哦。"

这不是在自言自语。这句话，绝对百分之百是在对我说。刚把我当作他的伙伴，和我说话了。

我竭尽所能地回答："原来如此，原来是海啊。"我虽然不会说话，但我觉得我的心声已经透过把手传达给刚了。

我跟刚一起看了沉入海面的火红太阳。我们待了好久，仔细地眺望。

太阳完全落入海面，但天色依旧很明亮，我跟刚趁着还没天黑，回到了寄物商。

那是我最后一次跟刚一起奔驰。

从那天以来，刚就再也没有来寄物商接我了。

换句话说，我被他抛弃了。

如果问我会不会失望，老实说，是有一些。不过心情倒也不是很糟糕。

刚大概是喜欢上杏色单车了吧。我想他不是讨厌我，也不是骑腻了我。因为刚的心思打从一开始就不在我身上。

但是我们曾经对话过一次。就在那个可以看见夕阳和大海的地方。

今后我打算怀抱着那份回忆走下去。

以后我会变得怎样呢？不食人间烟火的我不会知道。就算想象不知道的事情也是无济于事。

寄物商的老板每天都会用抹布擦擦我，帮我做做保养，然后等待着刚的来到。他没有发现留在踏板支柱上的那道小伤痕。毕竟伤痕实在太小，老板的眼睛又看不到，这也是没办法的事。再过一阵，铁锈就会开始从那里冒出来。当然，这我也是无能为力的。

过了寄放期限的一个月后，老板死心了。他找来区公所的人看看我的情况。

"可以麻烦你们像往常一样帮忙回收吗？"

他的语气很熟练。看来这应该不是他第一次处理单车。

区公所的大叔仔细地端详了我，说道："平常回收一辆单车都是收五千元，不过我们最近建立了免费回收的系统。"

"那还真是帮了我一个大忙。请问是要怎么处理呢？"

"我们会先免费回收像这种质量良好的单车，经过保养之后，再当成二手单车便宜转手。这是地区与单车行互相合作的系统。如果你同意的话，要不要我先帮你联络一下单车行？"

"那就拜托了。"老板低头鞠躬。

区公所的大叔拿出一个小小的四角物体对准了我。当我还在纳闷那是什么东西的时候，那个四角物体突然发出了闪光。

我吓了一大跳，还以为自己要融化在光线里了！

那道光大概闪烁了三次左右。

区公所的大叔说道："我会用电子邮件把照片寄给合作的七家单车行。到时候等他们看完照片，有兴趣的店家就会过来这里回收。"

什么啊，原来是在拍照啊。爱吓人的区公所大叔离开了店里。我最后并没有融化在光线中。真是受不了啊！

就在我被闪光吓到的那天晚上，寄物商的门发出"啪啪"的敲打声。

大半夜的是怎么回事啊？

老板慌慌张张地从屋内房间走出来，打开了门。

"克莉丝蒂在哪里？"

我听到了手足无措的声音。

虽然我被收在屋子里，但是我马上就分辨出那是单车行老爹的声音。老板用他那双真诚的手，把我从屋里推到店里后，我看到了老爹。

"克莉丝蒂！"

老爹双眼通红地凝望着我。要是我也有眼睛的话，我说不定会哭出来吧。

老爹红着眼睛仔细观察着我，用手触摸了踏板的支架。他发现那道伤痕了。明明小得不得了，他还是注意到了。真不愧是老爹啊！

"这辆车要多少钱？"老爹向老板问道。

老板说："这不是拿来卖的。平常我都是付钱请人带去资源回收。"

老爹从破旧的钱包里抽出五张钞票，塞进老板的手里。

"我用这些钱跟你买。"

老板看起来似乎很不知所措。

"这样违反区公所的回收规定。"老板这么说,试图把钞票还回去。

接着老爹这么说:"我不会把这辆车当成二手车拿去卖。我是以个人身份想要向你购买。这辆单车我之前是用双倍以上的价格卖出去的。要是不付你这些钱,我的心里不会舒坦。"

老板沉默不语。

老爹露出一副已经完成交易的模样,双手紧握着我的把手不放。此时我感受到了,感受到一种并非真诚,而是厚实不平、歪斜扭曲的某样东西,一种充满热情,强硬又实在的某样东西。

那就是"爱"。

我一直梦寐以求的东西,就在老爹的掌心里。

我可以想象得到,老爹一带我回家,就急着修理车身伤痕的模样。

"谢谢你帮我照顾这家伙。"

老爹对老板这么说完,就打算把我推出店外。

老板便紧接着说道:"那辆单车并不是被主人抛弃的。"

老爹回过头。

老板说了一句"虽然这样有点多管闲事"作为开场白，开口说道："把车子寄放在这里的人，其实很喜欢那辆单车。我想他真的非常疼爱那辆单车。可是，那个人因为还有其他非守护不可的东西，才迫不得已地放下车子。"

老爹沉思了一会儿后，笑容满面地说："只要骑过这家伙一次，就不可能会有人舍得放下了啊。我想对方一定是有什么不得不放手的苦衷吧。"

听到这些话，老板露出松一口气的表情。

我和老爹一起走到店外。外面早已一片漆黑。在夜晚的商店街里，每家商店都是铁门深锁。老爹战战兢兢地跨上我，在空无一人的商店街里踩起踏板。这是老爹第一次骑上我。

喂喂喂，很危险。咦咦咦，要撞上美容院的招牌了。

老爹的驾车技术不像刚那样稳定，骑起来不但摇摇晃晃，体重还重得不得了。老爹虽然是组装单车的专家，却好像不太擅长骑单车。

不过骑了一阵子后，老爹似乎开始找到诀窍，该怎么说呢，他已经能不时咻地一下子，笔直地往前骑二十米左右的距离。

虽然商店街里禁止骑单车，但是在这种大半夜里应该没关系吧。

老爹，你看，连星星都在笑。

星星仿佛在说着"尽管骑吧"。

接着我们穿过商店街，骑上了大马路。

一路上歪歪扭扭，完全想象不到这里曾是我和刚一起骑过的路。

被紧握在厚实又凹凸不平的双手中，我往前奔跑。

安静地，慢吞吞地，摇摇晃晃地在奔跑。

我们缓慢又不稳，是一对连风儿也懒得理睬的糟糕拍档。

我想从今以后，我们都会一直像这样走下去吧。

在星空之下，老爹和我都好幸福。

望刚与杏色单车也能过得幸福快乐。我这么想。

梦幻曲

好空虚。

每天都是空虚的日子。

我已经失去自我多少年了啊。

我想想啊，随便算算也要二十年了。二十年来我都是空荡荡的。因为我是个毫无用处的大个子，只是个占空间的麻烦。

我真想说一句"不是这样的"。

这不是我真正的模样。

虽然有点自卖自夸，但我的实力真的不是盖的。只要我能活得像自己，我就可以大显神威。看看我的过去就能明白。以前的我为人行事，活得灿烂耀眼。

不过现在不一样了，真是可惜。

如果这么继续下去，我宁可直接消失算了。

可是凭我自己的力量根本什么也办不到。

不管是活着，还是消失，全都得要配合他人的需求，我的立场还真是悲惨啊。

"午安。"一名男子这么说，钻过门帘走进店里。

没错，这里是一家店。是位于一条名叫明日町金平糖商店街一端，毫不起眼的一家店。

这位客人很高大，为了避免撞到门框，他走进来的时候还稍微弯了一下腰。

他头戴灰色呢帽，身穿灰色的三件式西装，系着深灰的领带。怎么啦、怎么啦，这家伙全身上下都是乌漆抹黑的！从年纪来看，应该可以称呼他老爷爷吧。只不过他不但腰杆挺直，也没有拄拐杖，即使体格单薄，看起来还是神采奕奕的。

"欢迎光临。"老板说。

总是坐在和室一角读着书的老板，因为眼睛看不到的关系，都是用手指在读书。虽然在我眼里，他就是个乳臭未干的黄毛小子，但是年纪轻轻的他却意外地稳重冷静。

而且他的直觉特别敏感。只要门帘有些微摆荡，他就能在一瞬间察觉到有客人造访。他的第六感特别准，不晓得他是不是透过空气的动静来分辨。只不过他还是完全没注意到本大爷的不满。每天早上他都会用干抹布细心擦拭我，可是他不但完全没有要使用我的意思，也没有要处理掉我的意思。

全身灰得像老鼠的老爷爷把手搭在我身上，一边将体重压在我身上一边脱下鞋，登上和室房。

不是只有灰色爷爷会这么做。每个人都习惯用手扶着我。

因此在我身上，都留有当天客人的指纹。

要是老板有一天遭到杀害的话，就可以靠我来揪出凶手。所以我还有存在的价值。如果我不这么想，哪还有干劲撑下去啊。真是的！

今天的客人是个新面孔。老板都是听声辨人，他现在一定早就发现到对方是第一次光顾。

灰色爷爷没有坐上老板请他坐的垫子，直接就跪坐在榻榻米上，姿势优美端正。只见他把帽子摘下来放在一旁。真没想到他设想得如此周到，竟然连头发也是灰的。

老爷爷从黑色的皮包里拿出一只信封。

什么嘛，不过就是一封信嘛。尺寸是常见的大小，信封也是白色的，一切极其普通。够无聊！真希望他能拿出个什么稀奇古怪的东西，把店里搞得鸡飞狗跳，让我看看老板惊慌失措的模样。

灰色爷爷递出信封说："我想要寄放这个。"

老板一收下信封，就问道："我明白了。请问要寄放多久呢？"

灰色爷爷似乎还没决定要寄放到什么时候，只见他发出

"唔嗯"的声音在沉思,然后开口说:"我要寄放两个礼拜。"

"那么寄物费一天是一百元,总共是一千四百元。"

听到老板报出的金额,灰色爷爷面有难色地说:"这样有点伤脑筋啊。因为这是非常重要的文件。这样好了,我一天出一千元,用一万四千元请你保管。"

真是稀奇的客人。他竟然要求提高寄物的费用。是想要什么特别服务吗?在那只平凡普通的信封里面,装了这么值钱的东西吗?

老板斩钉截铁地说道:"恕我无法接受。本店并不会因为只收一百元就随随便便处理,收了一千元就认真保管。无论是什么样的东西,我都会在同样的条件下用心看管。"

听到这番话,灰色爷爷不发一语。这片沉默实在让人焦躁难耐,要是我有手臂的话,我还真想用力甩一甩手,只是我做不到就是了。而老板的模样,看起来并没有丝毫的不满,依旧保持着平常心静静等待对方说话。

等到灰色爷爷总算开口的时候,他却像是在爆料什么秘密一样,用装模作样的口气这么说:"其实我是羊。"

吓死我啦!原本还以为他灰得像只老鼠,没想到他竟然是只羊?

89

老板面不改色，冷静地这么说道："所以是你的主人想来寄物——应该说是你的雇主才对吧？"

羊点了点头。

原来如此，我弄清楚啦。我想爷爷应该是个江户男儿吧。他似乎把日语的"HI"跟"SHI"说反了，其实他要说的是"管家"[1]啊。这样就连我也听懂了。

这么说起来，老爷爷的说话方式的确很有管家味道。管家是负责照顾大人物的人，平常都跟大人物呼吸同样的空气，所以也是差不多伟大。

总觉得有些令人怀念。

虽然那是在寄物商还没开店以前的事，记得以前也有一种叫作管家的人种经常会来光顾。这里原本是间和果子店，名声响亮，所以有钱人家的仆人常常会进出这里。我在那时候可是身负重任，大显神功了一番。

灰色爷爷说："放在那只信封里的文件，来自某大公司的首脑人物。简单来说，就是出自社长之手。那位社长希望把这份文件交给我来保管。平常社长的重要物品都是锁在保险箱里，可是社长现在遇上许多烦忧，情绪变得不太稳定，对

---

[1] 日文中的羊（HITSUJI）与管家（SHITSUJI）发音相似。

周遭的人特别疑神疑鬼。似乎在害怕要是被人发现保险箱里的重要物品，就会被有心人士偷走。社长甚至连亲朋好友和公司员工都信不过，所以才会委托身为管家的我来保管。"

"看来您深受他的信赖呢。"

即使听到这句话，灰色爷爷看起来也没有特别高兴。

"总之无论如何，我绝不能弄丢社长托付给我的重要文件。但我不过是个独居的老糊涂，心里难免还是很担心。就在这个时候，我得知这里有人在做寄物商的生意。"

"是别人向您介绍本店的吗？"

"社长时常会收到各界送来的礼品，我必须要负责整理那些物品。我在其中的点心礼盒中，发现这里的商店街地图，上面就有出现"寄物商"这几个字，让我印象特别深刻。"

哦哦，原来寄物商有这么稀奇啊。其他地方都没有吗？那我们干脆在别处开分店，扩大成连锁店也不错啊。连锁店听起来很有现代感，有种生意兴隆的印象呢。

灰色爷爷继续说道："我们是相当大型的企业，所以我觉得寄放在这种店家里，反而不会被旁人察觉，能够遵从社长的要求。"

你说什么？

这个人竟敢说出这种失礼的话。他话中的含义，是在表达社长是个大人物，所以只跟了不起的人物来往，而那些了不起的人物，根本不会来光顾像我们这种店家。

虽然不甘心，但他说得没错。在这条商店街里，这家店看起来不但特别寒酸，就连门帘也俗气得不得了，再加上还有我这种废物挡在出入口，老爷爷的看法确实很公道。

不晓得是不是看到老板默不作声，灰色爷爷觉得很无趣，他的眼睛看向了我。因为最近不习惯受到注视的关系，我吓了一大跳。

老爷爷开口向老板问道："我从刚刚开始就很好奇了，这个玻璃柜放在这里是做什么用的啊？"

可恶，这个惹人厌的臭老头！

你刚刚不是用手扶了我，才能轻松爬上那里吗？结果你竟然忘恩负义，嫌我是个没用的废物。我嫌弃自己没关系，但我可不容许别人这么批评。

老板紧接着说："因为这里原本是一家和果子店。"

"原来如此，所以这是原本放和果子的玻璃柜啊？"

"寄物商的工作是从我才开始的。"

"寄物商确实是没有商品需要陈列啊。如果你需要的话，我可以帮忙请业者来做回收哦。这应该很碍事吧？"

你说啥？

我慌了手脚，急得像热锅上的蚂蚁。

如果没办法活出自己，我还宁愿直接消失算了。这二十年来我一直都是这么想，可是一旦死到临头，还是会忍不住紧张万分。

救救我！

我还不想消失！

保持现在这样就好！

我有了一个新发现……原来，我这么小家子气。

老板说："就是因为需要，我才会把玻璃柜放在这里啊。"

咦？

"需要"是什么意思？灰色爷爷代替我，问出了这句我想问，但是却无嘴可问的疑惑。

"需要？可是里面空荡荡的啊。"

"在我眼睛还看得见的时候，那个柜子就一直放在那里了。还有挂在门口的门帘也是。我是故意让这家店的摆设，保持着当时的原貌。这样一来，我就仿佛看得见一样。多亏如此，我才能在这里行动自如。"

我恍然大悟。老爷爷也露出了原来如此的表情。

老板继续说道:"现在你眼里的一切,我也全都看得到。我是靠心在看。虽然店外的事情我不懂,但是店里的事我全都知道。所以让这里保持这个模样,对我来说相当重要。"

我的心里感慨万千。

所以老板才会每天早上拿着抹布擦拭我,努力维持店里的景象啊。老板需要我。这二十年来我到底在闹什么别扭啊!

我真是个蠢蛋!

也许老板是这么想的。

在老板脑中的风景里,我的肚子里说不定还摆放着一大堆和果子。练切果子[1]、外郎糕[2]、黄身时雨[3]、水羊羹[4]、素甘[5]、馅衣麻糬[6]、吉备团子[7]。这些色彩缤纷的和果子,至今仍放在我这里。

就连我也看得见了。看得见那满是和果子的景色。

这时候要怎么说才好呢,我的心里开始油然生起,又或

---

1 在内馅里加入白豆沙与糯米,并制作成各种精致造型的日式点心。
2 用米粉和砂糖炊蒸而成的日式点心,口感Q弹有劲。
3 在内馅里加入白豆沙及蛋黄炊蒸而成的日式点心。
4 减少琼脂用量,增加水分的一种羊羹,为消暑的日式点心。
5 使用粳米与白糖制作而成的日式糕点。
6 用红豆馅裹着麻糬的日式点心。
7 使用黍子粉和糯米粉等制作而成的日式点心。

者该说是一发不可收拾地涌出一股名叫干劲的东西。

我其实早就活出自我了!

以前只是没有发现而已!

"那么,我就付给你一千四百元。"

灰色爷爷这么说道,递出一万元纸钞和四枚百元硬币。老板收下后,用指尖检查了万元纸钞,再用手指量了量钞票大小后说:"请稍等一下。"他从摆在房间一角的木盒中,抽出一张五千元纸钞还有四张千元纸钞。木盒里的钱都分门别类地整理过,所以一下子就找得出来。

灰色爷爷端详着老板拿钱的模样。收下找钱后,盯着钞票问道:"钞票上面有注明点字吗?"

"上面有识别记号。就在肖像那一面的左下角。"

灰色爷爷用手指摸摸那一角,歪了歪头。

"你只要这样摸就分辨得出来吗?"

"旧钞因为经过磨损,辨识起来比较困难,所以我最后都会用尺寸来判断。"

"那你要怎么分辨硬币?"

"一拿在手上立刻就分得出来。因为重量都不一样。"

灰色爷爷钦佩不已地点了点头,将找钱收进长皮夹里。

老板说出一如往常的字句。

"若两个礼拜后没有来领取，物品将归本店所有；如果想提早前来领回也没问题，不过剩余费用不会退还。另外还有一项规定，本店必须要知道客人的名字。"

灰色爷爷沉默片刻。他看起来好像记不得自己的名字，毕竟都年纪一大把了嘛。最后他总算是想了起来，说道："木之本亮介。"

"这是非常重要的东西，我一定会过来拿。"他说完后，就戴上帽子，离开了店里。

没想到自从那次开始，老爷爷竟然成了常客。

老爷爷在两个礼拜后准时现身，表明自己是木之本亮介，领回信封。接着过了两个礼拜，他又来寄放信封。

老板没有主动过问，所以我也不晓得信封里是不是装着相同的东西。老爷爷每两个礼拜会出现一次，不断地重复寄物和领物，就这样过了三个月。在这三个月里，他们两人都会一起谈天说地，为我带来不少乐趣。

木之本亮介是个发问狂，他原本一开始是纳闷我的存在，接着他又转而对门帘上的文字发问。

"'SATOU'这个屋号是你的姓氏[1]吗?"

"不,您误会了。我姓桐岛,这里在以前就叫作桐岛果子铺,所以我在开始做寄物商的生意时,也是用桐岛作为屋号。其实我有很长一段时间都没有发现门帘上写着'SATOU'。在我的记忆里面,门帘就是鲜艳的蓝色,我对门帘最后的印象,就是它随风飘荡的模样。"

"那么那个'SATOU'又代表了什么意思?"听到木之本爷爷这么问,老板歪歪头。

"天晓得,我也不知道。"

木之本爷爷露出惊讶的表情。

"桐岛先生,你还真是个优哉的老板啊。没想到门帘上的字不是屋号,而且连你也不懂那些字的意义。在明日町金平糖商店街的地图上,可是大剌剌地写着'寄物商·SATOU'呢。"

老板迟钝的模样,惹得老爷爷不禁开心地哈哈大笑。正常来说,像这种因为失明而犯下的错误,大家通常都不会开口嘲笑,不过老爷爷却是一点也不忌讳的样子。大概是这样的态度让老板感到很开心,他也跟着哈哈地开怀大笑。

---

[1] SATOU与日本姓氏"佐藤"同音。

"老板可是一国一城之主啊。换句话说，也算是个社长啊。像你这样优哉的人，哪能胜任社长一职啊。"

听到木之本爷爷这么说，老板难得地发问了。

"贵公司的社长，是个心思缜密的人吗？"

此时木之本爷爷悄声地说："是啊，相当缜密。"接着还又加了一句，"缜密到走火入魔的地步呢。"

"其实大部分的成功人士，个性都是胆小又谨慎。因为胆小才会事先仔细调查，因为害怕才会做好万全准备，最后才能多少做出一番成就。不过，就算有了成绩，心中的害怕也不会就此结束，所以他们才会一直继续努力下去。"

说到这里，不晓得是不是因为喘不过气的关系，老爷爷突然沉默片刻，过了一会儿才感慨地说："努力是永无止境的。那真是很累人啊！不管是对当事人，还是对周遭的人都一样。"

老板在嘴里嘀咕着"努力"二字，露出感触良多的神情。

"这个字跟我不是很搭调。木之本先生呢？"

"要是没了努力，我就连一根鼻毛也不剩了。"

这么说完，木之本爷爷哈哈大笑。

就在聊完一根鼻毛的隔天，有名男子像是要扒开门帘似的，气势汹汹地闯进店里。他粗鲁地脱下鞋，轻巧地登上和室。

"喂。"男子说。只是说是这么说，却迟迟不闻他的下一句话。

老板从容不迫地请他坐上坐垫。没想到男子竟然意外听话地坐了上去。他应该四十几岁了吧，年纪似乎比老板大了一轮，身上穿着西装，看起来很高档。

这家伙刚刚没有伸手扶着我，看来他的体能很优秀。我没有他的指纹。就算他出手殴打或是刺伤老板，我也留不下证据。

老板，你可要小心一点啊。

"木之本有来过这里吧？"男子说。

老板一点反应也没有。

"把木之本寄放的东西给我交出来。"

老板继续默不作声。昨天木之本爷爷在聊鼻毛话题的时候，就已经领走了信封。现在信封根本不在店里。

"喂，你有在听我说话吗？"男子说。

结果老板开口说：

"我无法透露客人的信息。"

"要钱的话我有。木之本付了多少？我付你双倍的价。快拿出来。"

"您请回吧。"

老板口气强硬地说道。我的冷汗直流。就在我以为男子准备大闹特闹的时候，没想到男子却轻轻叹了一口气。

"这里是这么值得信赖的店啊。"

真是不可思议的男子。我原本还以为他会用粗暴的语气问话，没想到他竟然变得这么有风度。他真正的面貌到底是什么模样？

老板露出了微笑。

"要是少了信赖，我就连一根头发也不剩了。"

男子这时大惊失色，"我父亲来过这里吗？"他说。

"父亲？"

"因为那句话很像我父亲会说的话。不过，我父亲不可能会来这里。毕竟现在可是他的生死关头啊。"

"生死关头？"

男子突然躺成了大字形，盯着天花板说："好累。"他闭上双眼不久后，便传出了鼾声。

喂喂喂！

真是令人难以置信,这个人竟然在店里睡着了!

老板卸下了门帘。他今天似乎不打算做生意了。毕竟要是客人一进来,看到有男子正在这里睡觉,肯定会吓一大跳;而且男子的打呼声也有点吵人,老板甚至关上玻璃门,以防声音传到外面去。

不晓得男子是不是真的累了,他完全睡得不省人事。从他的外套内袋偷窥得到皮夹,手腕上的手表也看起来很高档。就算知道这里是间值得信赖的店家,这样会不会太没有防备啦?

老板走到店后方,然后拿着毛巾走出来,盖在男子的肚子上。

接着,老板便开始读起书来。

这是什么平常心啊。难道老板不觉得他的鼾声很吵吗?

我可是被吵得受不了!

在与木之本爷爷之间的对话中,老板似乎说了什么"跟努力不搭调"之类的话,不过在我看来,老板可是一个十足努力的人。准确一点来说,应该是有十足忍耐力。

忍耐黑暗,忍耐时间的流逝,忍耐孤独,忍耐任性的客人,就连现在也在忍耐着噪声。他愿意接受所有事物。这些就是他全部的人生,想必对年轻的他来说,这样的人生肯定充斥着忍耐吧。

但是像现在这样望着老板那张鼻梁高挺、清新利落的脸庞，他就像是个从没吃过苦头的小少爷一样，温文又儒雅。难不成，他是打从心底喜欢这份工作吗？在这份名为"等待"的被动工作中，他说不定已经找出属于自己的意义了。

天色开始昏暗，店里也变得越来越漆黑，但是这样并不会影响老板读书。

突然之间，鼾声停止了。就在我以为他是不是死掉的时候，男子坐了起来，开口抱怨："好暗！"这对眼睛看得到的人来说的确会有障碍啊。

老板打开日光灯的开关，房间明亮了起来。男子立刻慌张地端正坐好，他一看到毛巾，便道了声"不好意思"。哎呀呀，这家伙的态度还真是前后不一啊。

老板说着"别客气"，折好毛巾后开口说道："本店已经打烊了。"若无其事地暗示男子离开。

男子把头贴在榻榻米上，简单来讲就是摆出低头下跪的姿势说："请把木之本寄放的文件交给我。"真是个难缠的男人啊。

老板笑了笑。

"下跪对我不管用。因为我的眼睛看不到啊。"

"可是你现在明明就知道不是吗？知道我正在对你下跪。"

老板直截了当地说：

"本店是寄物商。或许这家店在你眼里看起来很优哉，但我是认真地在做这份工作。我无法擅自透露客人寄放的物品，也不能告诉你对方是否在这里寄物。"

大概是敌不过老板的强硬态度，男子沉默不语。不过他却一动也不动，像是在静静地沉思些什么似的。最后他悄声说道：

"木之本寄放的文件，其实是我父亲的遗书。"男子就像是在讲给自己听一样，"身为儿子的我有权知道。"

看到男子满腔思绪的说话方式，老板似乎考虑了一下，但他的想法依旧没有改变。

"我无法透露任何有关寄放物品的事情。"

男子眼里浮现出失望的神色。老板明明看不见这一幕，但他却用和蔼的语气补充了句"不过我倒是可以听你聊聊"。

男子像是松了一口气地说："那就请听我说说吧。"放松了原本端正的坐姿。看来这下子要聊上一阵了。

立在一旁的门帘发出嘎嗒的声响。她一定是好奇到按捺不住了吧。她爱凑热闹的个性跟我一模一样。

在微弱的日光灯中，男子开始娓娓道来。

"我的父亲是大企业的社长。他从以前开始就是个工作狂，在我的记忆里，他从来没有陪我玩过。老实说，我非常寂寞。我没有经历过叛逆期。因为就算想要叛逆，家里也没有对象啊。这股冷淡的情绪，让我决定尽量和父亲保持距离。可是就算当时年纪还小，我还是很佩服他。觉得那么拼命的父亲很厉害。

"我进入了父亲的公司，一直努力地想要做出好成绩。因为不想被别人说是'纨绔子弟'，所以我拼命地埋头工作。只是在父亲眼里，那样根本称不上是努力就是了。半年前，父亲搞坏身子，住进了医院。听说他好像还一边打点滴一边工作。不过就在最近，我在公司听到奇怪的风声。听说父亲已经写好了遗书，遗书中似乎有提到自己在外面有私生子，还有继承人的事情，周围的人都在四处打探消息。就连我自己也在好奇地寻找遗书。因为在家里没找到，东探西找之后，最后总算是找到这家店来。"

"为什么你会觉得在这里呢？"

"因为车。就是漆黑的社长用车，之前留下过木之本管家使用过的记录。经过调查后,我发现车子似乎曾经数度停在这条商店街前面。如果要藏遗书,不可能会在鲜肉店或是理发店里,所以一定是在这里吧?"

男子这么说着,揉了好多次眼睛。他没办法保持冷静。

老板开口问道:"父亲住院之后,你去探过病吗?"

"没有。"

"找到遗书之后你打算做什么呢?"

男子沉默了。

"你是想要知道,父亲究竟有没有认同自己吗?"

男子一句话也没有说。

"你害怕父亲去世吗?"

"谁怕啊。"

"那么,你直接去见他不就好了吗?"

男子继续默不作声。

"你的父亲真的写好了遗书吗?"

"大家都是这么说的。"

"传言不值得一信啊,更何况……"

"更何况?"

老板微微一笑。

"遗书怎么样都无所谓吧？最重要的是，你的父亲现在还活着不是吗？"

男子一语不发地站起来。他的头撞到了日光灯，光线摇晃不定。

男子放眼环视店内。接着他开口问道："你的父母呢？"

老板说："我的父亲是个上班族，母亲则是在经营点心铺。"

男子再度望望店里，探头窥视了里面的房间。他接着说："屋子里好像没有其他人的样子。"

老板面不改色，一脸若无其事地坐在原位。

"你看得到自己的双亲吗？"男子说。

"你看不到吗？"

男子露出呆滞的表情看了看外头。天色已暗。

"怎么感觉好冷。"

男子这么说着，离开了店里。

之后过了两个礼拜，灰色爷爷都没有现身。上次那位社长儿子也没出现。

寄物商的生意十分兴隆。

有小女孩跑来寄放莉卡娃娃，有大叔来寄放像是黑胶唱片之类的东西，也有老奶奶寄放已逝丈夫的眼镜，客人絮絮叨叨地聊着自己的故事，寄物又领物。

大家通常都只会光顾一次，像灰色爷爷那样的常客少之又少，于是我开始随意想象起他不再光顾的原因。

比方说社长跟儿子上演了"再会"戏码，通过某种形式解决了所有事，管家也不再需要来店里寄放遗书之类。

乐观一点来想，大概差不多就是这样吧。

老板应该也很在意这件事。可是老板是在老爷爷领回信封后才知道遗书的事，信封现在也不在店里，无论他好不好奇，也没人可以帮忙解惑。不管是老板还是我，都只能待在这家店里，各自做好自己的本分。

就在某一天，一只三花猫跑了进来，轻巧地跳上和室，把衔在嘴里的小东西放在坐垫上。

老板发现后，伸手拿起那样东西，顿时说了声"好冷"。老板很少自言自语，想必那东西一定相当冰冷。那是猫咪的小宝宝。全身雪白，一动也不动。

应该是母亲的三花猫喊了声"喵呜"，然后就离开了。

老板将那只跟日式馒头差不多大的猫咪宝宝放在掌心，

另一只手掌就像棉被一样盖在猫咪宝宝身上为它取暖。但是等了好一阵，猫咪宝宝依旧一点动静也没有。

老板就这样把小宝宝包裹在掌心里，走进屋内房间，然后就没有再回到店面了。接下来长达一个礼拜，老板都没有开门营业，一直窝在屋子里面。

接着又过了一个月。

店里已经恢复了正常营业，老板用指尖读着书，门帘也像是松了一口气似的优哉摇摆，我则是想象着自己肚里的和果子，意识逐渐朦胧。这该怎么形容呢？这就是一般所谓的和平，日常生活中的日常。

一名男子打破了这种日常气氛。

有位胖胖的男子说了声"你好"，走了进来。他的年纪看起来介于大叔与老爷爷之间。

他的打扮庄重整齐，身穿黑色西装。因为体重很有分量的关系，当他的手一扶着我，我立刻就发出叽吔的声音，这股沉重甚至让我担心起自己的玻璃会不会碎掉。

男子嘿咻一声踩上和室。

"欢迎光临。"

老板请他坐上坐垫后,男子便老实地坐了下来。坐垫的身影,完全消失在男子的屁股底下。

男子拿出一个看起来很沉重的布巾包裹,"我想要来寄物。"他说。

老板接下包裹,似乎被物品的重量吓了一跳,他把包裹搁在膝上,小心地解开布巾。里面是一个经过装饰的四角木箱,老板好奇地用手不断来回抚摸着。

男子说:"你可以打开盖子看看。"

老板一打开盖子,声音顿时响起。这到底是什么啊?这声音听起来就像是小鸟在用细小的双脚,蹦蹦跳跳地踩在钢琴键盘上一样。

怎么感觉好开心啊。愉快,愉快。心情好兴奋。

虽然想要永远听下去,声音却在转眼间停止了。

老板说:"这是梦幻曲吧?"

"是的。是舒曼的梦幻曲,八音盒的招牌曲目。"

"你是要寄放这个八音盒,没错吧?"

老板感慨万千地合上盖子,环抱着膝上的八音盒,紧拥不放。他好像连平常会问的寄放时间、寄物费用,还有客人姓名等招牌台词都忘了。看来这应该是相当稀奇的东西吧,而且还会发出声音。老板因为眼睛看不见，对音乐特别敏感，而且这音乐又拥有让人心情愉快的魔力。我想老板现在，一定还沉浸在音乐的余韵中吧。

男子说："我想要寄放五十年。"

"五十年？"

"没错。我听说寄放一天是一百元。这里是一百八十二万五千元。"

男子递给老板一封厚重的信封。

老板轻轻地将八音盒放在榻榻米上，接下信封后，看起来好像在沉思什么的样子。这也是当然的嘛，这么大一笔钱，一般人哪里付得出来。

男子说："只不过我有一个条件。"

我紧张了。该不会是要做什么危险的事情吧？

"我希望你平常可以拿出来使用，不要把八音盒收在里面。想要听梦幻曲的时候，就把八音盒放在身边，转一转发条。这就是我的条件。"

这时老板终于开口了。

"你的意思，是想把这个八音盒送我吗？"

"如果我真的要送，我就只会付一百元的寄物费了。到了明天那就会成为你的所有物,这样一来,你也有可能拿去转卖吧?"

"嗯,是啊,是这样没错。"

"如果拿去转卖,你会得到一笔能买下一间六本木公寓的钱。"

老板看起来吓了一跳,说不出话来。

六本木的公寓到底要多少钱?几万?几百万?不对,还是几千万啊?

"这就是这么值钱的古董。我希望你能把这东西留在身边,不要拿去转卖。"

"为什么?"

"这是某个人的遗言。"

"某个人?"

这次换男子沉默了。

老板说:"寄物的时候,我需要知道客人的名字。"

"我叫木之本亮介。"

一瞬间,老板手中的厚重信封掉落在地,信封里的钞票飞了出来。

"木之本先生?不对,你不是木之本先生!"

老板难得地提高音量。会吓一跳也是当然的啊。木之本亮介是那个灰色爷爷才对。他不但是店里的常客,跟老板的感情也很好嘛。

男子捡起信封,一边把钞票放进去,一边用冷静的语气斩钉截铁地说:"我就是木之本亮介,管家木之本亮介。"

老板看起来难掩惊讶,他甚至没注意到男子递过来的信封。我的脑中也是一团混乱,什么都搞不清楚了。之后老板深深吸了口气,再吐出来。大概多亏了氧气,他好像突然掌握到什么关键。

"难不成,之前常常来光顾的客人,其实是你的社长吗?"

咦?

灰色爷爷他是……社长?

骗人!

老板的脑袋是不是烧坏了啊?

没想到,男子竟然点了点头。

真的吗!

那家伙明明灰得像只老鼠,那么单薄纤细,结果却是社长?

在住院时写下遗书的社长?

社长假装成管家往来这里吗？

……为什么？

真正的木之本亮介说："我是一名管家。我依照社长的遗言，将八音盒寄放在这里，并递交寄物费。这就是我的使命。不过接下来我要说一些额外的事情。接下来的话并不是遗言内容，但我想好好告诉你关于社长的事情。你愿意听听吗？"

老板应了声"好的"。

门帘在摇摆着，好像迫不及待地想要知道。

"社长去世了。"

老板的脸僵住了。

木之本红着眼睛，强忍着泪水。

我的心里……变得天翻地覆，玻璃仿佛就快要迸出裂痕。

几分钟的沉默过后，木之本才开始继续说下去。

"社长是个聪明人，做事也很努力。虽然因为战争失去双亲，可是他靠着奖学金上大学，以优秀成绩毕业，进入一流企业。他又在重重努力下，拿出实际成果，甚至还爬上社长的位子。他不是天才，只是一个努力的人。尽管他的个性不是很机灵，也不太懂得周旋，但他就是拼命地在努力。"

我想起了一根鼻毛的故事。要是没了努力，就连一根鼻毛也不剩了。虽然本人是这么说，但我觉得并非如此。至少还是会留下一两根鼻毛才对吧。因为那个人说起话来十分幽默，与老板之间的对话非常有意思。所以我跟门帘都很期待那个人的造访。他不是只有努力而已，我总觉得那家伙的心里，还蕴藏了深度。

"社长是个除了工作之外，什么也不懂的呆头鹅，从来没有跟女性交往过，年过四十左右的时候，才在周围的撮合之下相亲结婚。对方是个温柔又清秀的好太太。他们夫妻俩相处和睦，生下了一个儿子。虽然社长因为忙碌，没有什么时间可以好好抱抱孩子，但是在他的胸前口袋里，随时都放着儿子的照片。可是，就算把照片放进口袋里，对方也不会明白。社长儿子在过了青春期后，开始与社长保持距离，两人已经有好多年没有说过话了。"

他在说那个打呼男的事。

"三年前，社长夫人因病去世。社长大概是受到了严重打击吧，旧疾复发恶化，甚至还住进了医院。结果，公司内部便突然流传起社长写好遗书的风声。因为社长是公司的重要人物，才会使得周围开始纷扰不安。大家开始胡乱猜测遗书内容，例如谁是公司的继承人，要如何处理土地和房产，其实在乡下有私生子，或是养了年轻情妇等等，甚至还企图要找出遗书。当社长知道连儿子正少爷也在拼命寻找遗书时，他便开始疑神疑鬼，食欲也没了，身体越来越虚弱。

"某天社长突然喃喃地说：'我的人生到底怎么了？'他拒绝会客，不打算见任何人，独自面对着白纸，一个人陷入沉思。对，没有错。社长根本还没有写什么遗书。他那时候正打算提笔写。不过他最关心的不是公司继承人，也不是交代财产的事。他唯一挂念的，就是某样他想贯彻自我意志的东西。"

老板拿起八音盒，打开盖子。因为没有先转发条，盒内没有发出任何声音。

"就是这个八音盒。那是他跟夫人去新婚旅行时买的纪念品。社长希望把这个八音盒，托付给会好好珍惜它一辈子的人。但是当发现身边没有这样的人选时，他感到很泄气。我为了想帮上一点忙，便把公司的客户名单交给社长，还寻找了远房亲戚，不过社长也只是默默地盯着名单看而已。

就在某天，社长说他终于写好了遗书。还吩咐我备车接送他。就算我说要帮他拿来寄物，社长还是不听。我只好勉为其难地准备好车，瞒着医院偷偷带社长出来。我照着社长的指示，把车子停在这条商店街的入口。接着社长就自己来到这里寄放遗书了。之后社长还告诉我，说他遇到了一个直爽的年轻人，让他稍微变得有精神些了。"

这瞬间，我仿佛听见灰色爷爷的笑声。记得他好像都是爽朗地哈哈大笑吧。

"在那之后，社长只要一想到什么，就会说他想在遗书上多加几笔，然后跑到这里领回遗书，写好之后又再拿过来寄物。改写遗书只不过是个借口。我猜社长大概是想要来见你吧。"

老板摇摇头，这么说道："这是不可能的。我们没聊过什么了不起的事情。我想他一定是又多改写了重要的内容吧。"

结果木之本却说："寄放在这里的遗书，全部都只是白纸而已哦。"

老板露出大为震惊的表情。我也吓了一大跳。

木之本眯起了眼，仿佛在回想当时的情景。

"社长恐怕是看到我提供的名单，心里觉得厌烦，才决定假装成已经写好遗书的样子吧。他想把白纸遗书拿来寄放，然后就此停止寻找托付八音盒的人选。我完全被社长给骗得团团转。不过，被骗也好。因为社长的病情虽然已经严重到无法外出，可是只要来过这里，情况就会莫名地出现好转。我都是待在车上，在商店街的入口等待社长。社长每次回到车上时，脸色都会变得有精神多了。我很久没看到那么开朗的社长了，不，应该是我第一次见到才对。原本我还以为他的病情会这么继续好转下去，恢复健康。"

啊啊，我真想开口说话。说这一切全都是假的。

灰色爷爷很有精神。生病根本是天大的谎言，他是在装病而已吧？说他已经去世也是，他根本只是在装死吧？因为他本来就是个爱瞧不起人的老爷爷嘛。想必木之本根本听不到我的反驳吧，只见他继续往下说。

"某一天，正少爷来到医院。他的神情变得和颜悦色许多，我心想这下应该没有问题，便让他见了社长。正少爷说他跑到寄物商那里想拿回遗书，却被对方不由分说地赶了出来，然后哈哈地高声大笑。他大笑的方式跟社长一模一样。现场的气氛就像什么事都没发生过一样。"

木之本停顿片刻后，百感交集地说："这都是托你的福。"

"我并没有说过什么特别的话。"

"所谓正确的言论，无法打动人心。在过去，我已经三番两次地劝正少爷好好跟社长谈谈，可是他却完全听不进去。

你待在这家店里，认真地完成分内的工作。或许就是这份坚毅不摇的态度，激荡了正少爷的心吧。"

老板静静地眨了眨眼。木之本继续说："社长对正少爷说过了。说他是个努力的人，以后有办法靠自己的力量成功。正少爷则是对社长说了声谢谢。不知变通的两人在相隔多年后终于和好如初。那天晚上，社长便以焕然一新的心情，第一次提笔写了遗书。桐岛先生，社长就是在遗书里写到要将八音盒交给你保管五十年。"

老板把八音盒放在掌心，像是要为它取暖似的摸了摸。

"那是老板在澳洲买的古董。他跟夫人外出旅行的经验，就只有新婚旅行那一次，剩下的人生全都献给了工作。社长说他在深夜开完会，回到家人早已入睡、一片静悄悄的家里时，就会独自听着梦幻曲来消除疲劳。"

当木之本说到这里，老板便转动发条，打开了盖子。犹如小鸟在用脚弹着钢琴的乐声，悠悠地回荡在店里。

"写完遗书的隔天，社长就像松了一口气似的辞世了。"

当木之本双眼通红地说完，从屋子里面，突然传来了"喵呜"的叫声，一团棉絮滚了出来。不对，不是棉絮。那是一只好小好小的白猫。

"哦，原来你养猫啊。"木之本像是在掩饰泪水似的这么说。

老板放下八音盒，用双手轻轻抱起小猫，"这是客人寄放的。"他说。

客人寄放的？

我原本还以为那是尸体，原来它还活着啊！

老板那一个礼拜，都窝在屋里。他那时候一定是在拼命让小猫死而复生吧。

我开始想，不晓得老板的手能不能也让灰色爷爷复活？没多久，我马上就发现这是件不可能的事。反正，这不过只是玻璃柜在胡言乱语而已。紧接着我又立刻浮现另一种想法。那只猫说不定就是灰色爷爷投胎转世。嗯，这种说法就现实多了，毫无矛盾之处。

"这孩子叫什么名字？"木之本问。

"我没有帮它取名字。"老板说，接着他就像是灵光一闪地说："就取名叫'社长'吧。"

"你的社长曾经说我的个性太过优哉，不是当社长的料。既然如此，就请它来当寄物商的社长吧。"

木之本说："听起来挺不错。"然后哈哈哈地笑了出来。

在那之后，木之本和打呼男就再也没有来过店里了。

八音盒莫名地被放进我的肚子里，老板每天都会拿出一次八音盒，转转发条，打开盖子，小鸟便紧接着开始跳起舞来。

老板不再想象这里是家和果子店，而是打造了全新的风景。看来老板的内心，似乎有了什么改变吧。

只要一传出这个声音，白猫社长就会从屋内出来，待在店里休息。不晓得它是觉得小鸟很好吃，还是它其实是只喜欢舒曼的气质猫咪？猫咪跟玻璃的性情不太相投，所以我无法了解。

打烊后，就连老板回到屋内，八音盒也还是放在我的肚子里。

没人想得到在这种破烂小店里，竟然会有价值好几千万的古董，所以我想，应该是不用担心被偷走吧。

虽然八音盒已经上了年纪，却还是像少女一样纯粹。因为她就待在我的肚里，所以我很明白。

八音盒原本是为谁而做，以前在哪里过着什么样的生活？被新婚夫妻买下的时候，是抱着什么心情来到日本？我虽然曾经试想过，却遍寻不到答案。这是因为八音盒的个性十分谦虚有礼，除了在为人带来喜悦的时候之外，平常都闭口不语。

不过毋庸置疑的是，她有很长一段时间，都深受社长夫妻所需，而现在则是老板与白猫社长的宝贝。而且，对我而言也是不可或缺的存在。要是她可以明白这些事就好了。

希望现在的她，会满意这里的生活。

星星与王子

一下了电车，我立刻就感觉到凉意。

早知道就戴条丝巾来了。我的手上提着沉重的波士顿包，里面虽然塞满衣物，却没有一件能披在身上御寒。

每次都是这样。我做事总是丢三落四。

指尖好冷。手一插进上衣口袋，就摸到了智能手机。对了，差不多该打通电话联络了。

拨通了老家的电话，是早已等待许久的母亲接的。

"奈美？你人在哪？"

"我刚到车站。"

"那么，你可以去商店街帮我买丸子回来吗？"

"我已经买了蛋糕，就是妈妈交代的那个。"

"六本木的Chateau？"

"对啊。我买了新推出的红酒色蒙布朗，还有妈妈爱吃的千层蛋糕。"

"啊，真开心。我当然会吃蛋糕啊，丸子是要拿来拜拜的啦。"

"原来是这样。因为爸爸最爱吃那家的酱油丸子嘛。"

"你知道是哪一家吗？就是在明日町金平糖商店街里面。"

"我知道我知道。真是怀念！原来那家还在啊。我会过去看看,然后再顺便绕去其他地方逛逛好了。"

"良介他会不会累啊?"

"今天良介没来。"

"咦?奈美你是一个人来?"

"嗯。"

"真是稀奇呢,害我炸了好多天妇罗。"

"好啦,我挂了。"

我把智能手机收进口袋里。顿时间,我叹了好大一口气。抬头仰望天空,天气阴阴的。我虽然找了一下,却还是没看见晴空塔的影子。

包好像比刚才更沉重了。行李与心情的重量成正比,开始越来越笨重。看到这些行李,不晓得妈妈会说什么?

她会不会开心地说:"你可以住下来吗?"

还是会担心地问:"发生什么事了吗?"

结婚五年了。虽然偶尔会回老家看看,但以前却不曾绕到商店街去。我凭着记忆走了一段路,一下子就看到了。是商店街屋檐上的招牌。这里有串烧店、和果子店、理发店,还有咖啡厅。尽管看得见外墙上的暗沉和改建痕迹,但处处林立着记忆中的店家。虽然原本的香烟铺早已消失,现在变成了一家百元商店，不过还是看得出以前的影子。

真令人怀念。

这里是东京的老街。我在这座城市出生长大。上了高中后，我开始会跑到新宿或涩谷玩乐，所以中学时代是我最常来这条商店街的时候。记得以前社团活动结束后，我跟朋友在回家的路上都会绕到鲜肉店，买八十元的可乐饼吃。

大家会用猜拳来决定谁负责对老板说："请帮我们加酱汁。"我很会猜拳，所以从来没开口说过"请帮我们加酱汁"。

这样想想，我最在行的好像顶多也只有猜拳而已，成绩马马虎虎，外表是连马虎都不到。没什么特别的兴趣，常常随着流行改变喜好，又很容易厌烦，几乎每一样都撑不过三年。我觉得自己是个无趣的人。无趣的人大概也只能过着毫无意思的人生吧。

如果可以靠猜拳来选择时代，靠猜拳来找工作，靠猜拳来结婚的话，我一定能够成为玛丽·安东妮特皇后（Marie Antoinette）。

小学的时候，班上在传阅一套叫《凡尔赛玫瑰》的少女漫画，女生们都很向往做玛丽皇后。虽然男孩子都笑说"蠢死了！最后还不是被砍头"，可是女生根本就不在乎人生最后是怎么死去的。

少女是爱做梦的欧巴桑,从来没有想过二十岁以后的人生。

"柿沼奈美?哎,你是柿沼吧?"

突然有人叫住我。回过头一望,鲜肉店里有位胖胖的女子在对我挥手。走近一看,她的眼睛看起来很熟悉。

"麻由子?难不成,你是田中麻由子?"

"是啊,我跟你一样是网球社的。"

田中麻由子。她胖了,完全变成一个欧巴桑了。我们互相问候"好久不见""过得好吗",共享着重逢的喜悦。

"以前大家常常会绕过来买可乐饼吃呢。没想到麻由子现在竟然在这里兼差,真是吓我一跳。"

"我不是在兼差啦。其实我啊,跟店里的老二结婚了。"

结婚?

我记得鲜肉店里有三个男孩子,大家都长得胖胖的,女孩子会在背后偷偷喊他们是肉丸三兄弟。麻由子也是其中一个。

"店里的老大比较会读书,念完大学后,现在在当学校老师呢。我跟老二是读同一间高中,就在孽缘的安排下结婚啦。"

"所以你现在是山冈鲜肉店的老板娘了?"

"是啊。"

偷看一下店里,有一位正在切肉的白衣男子。他身上没有丝毫肉丸的影子,手臂紧实,面容也眉清目秀,是个十足的帅哥。

"就是那个人?"

"嗯。"

时间简直就像魔法师一样。能把少女变成欧巴桑,让小胖子变成好青年。麻由子盯着一脸震惊的我说:"我听说奈美大学毕业后就马上结婚了。"

"嗯。"

"奈美的妈妈很得意哦。我记得对方是个精英吧?"

我不晓得该怎么回答才好。精英的定义是什么?大学毕业后进入企业工作?我觉得这是件稀松平常的事情。

"你现在是住在六本木吧?我听说是间大楼公寓呢。"

哎呀,看来妈妈逢人就吹嘘啊。唉,不过我也没资格骂她就是了。因为当初得意扬扬说出口的人就是我自己。

"看得到东京铁塔哦。"我试着说。

"从家里吗?"

"对啊。"

"好像在拍电视剧一样呢,好棒。"

那是良介父亲名下的公寓。在住进去之前,我们两人还开心地聊过看得到东京铁塔。之后我们不晓得已经一边看着东京铁塔,吃过多少次早餐和晚餐了。良介说他喜欢夜晚的东京铁塔,而我则是喜欢白天的东京铁塔。笼罩在朝雾中的东京铁塔显露着朴实的一面,告诉我这不是梦,是日常的生活。

这么说起来,我最近都忘记东京铁塔的存在了。要是在最后有仔细地看看它就好了。

麻由子嘟着嘴说道:"我们这里啊,虽然离晴空塔很近,可是从家里根本看不到啊。"

"是这样吗?"

"住得比较远的亲戚都说,从他们家里就看得到晴空塔了。我们住得这么近却看不到,感觉还真是亏大了呢。"

麻由子这么说着,把可乐饼装进白色袋子,递给了我。

"吃一个吧。"

"帮我加酱汁。"我一说完,麻由子便呵呵地笑着,帮我淋上了酱汁。我接过手咬了一口。芬芳的油香，浓郁的酱汁香气。"就是这个味。"我不禁脱口说出坦率的感想。

麻由子说："你知道吗？其实以前我是故意猜拳猜输的。"

"咦？"

"我因为想要说那句'帮我们加酱汁'，才故意猜输的。"

我吓了一跳。这是怎么回事？

麻由子一边注意着身后，一边压低了声音。

"其实那时候啊，店里的老大都会来帮忙，我当时因为还蛮喜欢他的，就一直想要跟他说说话。要猜输很简单啊，只要稍微出慢一点就好了。"

"我都没有发现。"

"结果我好不容易猜输了，竟然刚好是老二帮我加酱汁，让我沮丧透了，结果没想到最后就嫁给老二啦。"

不晓得身穿白衣的帅哥老公有没有听到，只见他专心地在切肉。麻由子年幼的恋爱，也只是往昔回忆了。

"你幸福吗？"我试问她。

"还好啦，不就是这么一回事吗？"麻由子说。

"我回来了！"一个背着书包的小男孩走进店里。看起来大概是小学二年级左右吧。

"你儿子?"

"嗯,下面还有两个小的。"

麻由子转过头大喊:"记得先去洗手。"她已经完全是个孩子妈了。

"那奈美呢?"听到她这么问,我忽地看见了现实,心情顿时凉下来。这时正好有客人上门,麻由子就没有继续问下去了。

我啃着可乐饼走在商店街上。原本还以为自己只擅长猜拳,这样啊,原来是这么一回事。身体比刚才暖和多了。可乐饼的能量还真是厉害。

差不多该去和果子店买酱油丸子了。就在我这么想的时候,眼帘中出现了"SATOU"的文字,是写在蓝染布上的白字。

是寄物商!

跟记忆里一模一样的寄物商!

原来真的有这家店啊。吓死我了!我还以为那是小时候梦到的怪梦。记得光顾这家店的时候,我才十岁。来这里寄过物,然后又来领回去。我曾经钻过这里的门帘两次,只是之后就再也没有来过了。我读中学时都会在社团活动后绕到鲜肉店，当时应该经过这里好几次才对，可是我却没有任何印象。

所谓的寄物商，是不是在幸福的时候就看不到啊？

门帘静静地挂在门口，蓝色依旧鲜艳，没有褪色的痕迹。其他店家多少都有些改变，但只有这里像是没有经历过岁月一样，真是奇妙。

当时我才十岁，所以是十七年前的事了。店里有个年轻的老板，是个姿态优雅的美男子。他现在应该已经是个大叔了。要是他都没变的话，那就恐怖了，就好像穿过了时光隧道一样。

我像是在偷看惊喜箱一样，悄悄地从门帘的空隙中窥探店内。看到了，看到了。对对对，那个玻璃柜真让人怀念。里面有和室和坐垫，还有摆钟。不过看起来果然还是有些不一样，原本空荡荡的玻璃柜里，放了一个老旧的八音盒。我以前没有看过那个。

记得空荡荡的玻璃柜总是被擦得亮晶晶，在晨光的照耀下看起来十分美丽。

有名男子坐在和室房里读着书。

是那时候的老板吗？

是个年轻男子。年纪看起来就跟当时的老板一样。头发呈淡褐色，大概是太卷翘的关系，发丝蓬松杂乱，就像玉米须一样。我印象中的老板是黑色短发，而且感觉更干净清秀才对。

啊，男子注意到我了，我们四目相接。他果然不是老板。因为老板的眼睛看不到，视线不可能会对上才对。

这就是现实。世界上才没有时光隧道。

"欢迎光临。"男子说。

他睁开那双宛如橡实一般的眼睛。

我就像是被逮到一样，钻过了门帘。因为没有要寄物，我就四处看了看。相隔十七年再走进这家店，才惊觉这里竟然这么狭小。当初看起来有五坪左右大的和室，其实只有约略三坪大，玻璃柜也感觉比以前小了一圈。

男子看了看我的行李说："要寄物吗？"

真奇怪！寄物商竟然主动问客人"要寄物吗"，就像干洗店也不会问客人"要干洗吗"吧。

"你是店员吗？"我问。

对方说："我是来帮忙看店的。"

"不过我知道寄物的规矩。寄放一天一百元。我会负起责

133

任帮客人寄物,再转交给老板。"

"没关系,我下次再来。"

"老板不知道什么时候才会回来哦。"

就算他这么说,我也没有要寄物。出去吧。就在我伸手掀起门帘时,我忽地想起一件事。就是放在波士顿包里的"那封信"。顿时间,我心想,如果把那样东西寄放在这间店,说不定能够让情况好转,就像十七年前一样。

此时男子突然大喊一声。

"社长!"

我吓得回过头,没看到其他人。有个白色物体横越我的脚边,跳上和室。是一只白猫。男子露出安心的笑容说道:"你去哪里了啊?不要害我操心嘛。"

白猫仿佛是在回答一样,发出喵呜的叫声。不晓得是不是因为上了年纪,白猫的面容看起来怒气冲冲。

"这小家伙的名字叫社长。"

"社长?"真怪的名字。

"别站在那里了,要不要进来坐坐?行李可以放在这里。"

我照他说的把波士顿包搁在和室房,坐在一旁。

"坐在那里不好说话。你就脱鞋坐进来吧。"

"可是我……"

男子递出坐垫说:"这个工作真的很无聊,又没什么客人,光是等人上门就累死我了。你就上来陪我聊聊天吧。"

看着在坐垫前犹豫不决的我,"你是要寄放这个吗?"他指指蛋糕盒问。

"如果是要寄放这个的话,希望你不要再来领回去了。"

听到男子的玩笑,我终于忍不住"呵呵呵"地笑出来。我已经很久没像这样笑出声音了。

我脱下鞋,坐上坐垫。我回想起了十七年前的事。记得当时我就是这样坐在这里,恭恭敬敬地从书包抽出"纸",交给老板。

不知道什么时候,社长已经坐在男子的膝上。男子抚摸着社长的后背说:"老板告诉我,这小家伙也是客人寄放的。"

社长一脸舒服地闭上了眼。

"所以社长也有寄物期限吗?不过既然是社长,应该说是任期吗?"

"老板似乎跟那位客人语言不通,所以他说无法向对方索取费用,也没有寄放的期限。"

我的天啊,简直就像童话故事一样。

"请问老板去哪里了?"我问。只见男子耸耸肩,摆出不知道的模样。

"好像是要去参加法会。我不清楚地点在哪里就是了。"他说。

"你从什么时候开始过来看店的?"

"从昨天开始。大概是昨天傍晚五点多吧,我本来打算来寄物,结果就待在这里了。"

男子看着手表答道。那是一只看起来很老气的手表。

"你也是客人吗?"

"是啊,是这样没错。我来的时候,刚好老板准备要外出。他注意到我之后,就说:'不好意思,今天没有营业。'因为他穿着丧服,所以我猜他是要去参加法会,想说应该不会去太久,我就说我可以在这边等他回来。接着老板就问我是笹本刚先生吧,在我佩服他真的能靠声音辨人的时候,老板把钥匙交给我,拜托我照顾社长,然后就离开了。"

"原来是这样啊。"

"你是第一次来吗?还是常客?"

"我在十岁的时候来寄过一次物,只寄放了一个礼拜而已。笹本先生是常客吗?"

"我大概四年会来一次吧。跟奥运会的周期一样。是四年一次的纠葛啊。"

真是个怪人。大概是我把心声都写在脸上的关系，笹本露出有些不好意思的表情。接着他就像是在找借口似的说起自己的故事。

"我第一次来到这里，是我读初中的时候。有人托我寄放一个很重的包包。我想想啊，应该是十七年前了吧。"

跟我是同一个时期来的。

"有个不认识的女人在路上叫住我，要我帮她带一个旅行包去某家店，还给我一枚一百元硬币，我就照她说的走进这家店。那时候我才第一次知道还有这种叫作寄物商的生意。"

"包里面装了什么啊？"

"天晓得，我只是帮忙拿进来而已。"

"感觉好像货运员。"

"就是说啊，我自己也是这么觉得。中学生年纪的男孩子最爱这种刺激感了。所以我原本还抱着惊心动魄的心情接下委托，结果这家店里却只有一个温柔的大哥哥，真有点扫兴。现在仔细想想，我连托运费都没拿到，简直就像小孩子在帮忙跑腿。"

没错没错，老板看起来就是一个温柔的大哥哥。

早上上学前，我跑到这里寄完物准备离开时，他还对我说"路上小心"。我当时一面说着"我走了"，一面心想"好久没这样打招呼了"。因为我家在那个时候，出门跟回家时都不会有人开口打声招呼，也不会道早安跟晚安，充斥着紧张不安，就连呼吸都要小心翼翼，气氛一片凝重。

"笹本先生来这里寄放过什么吗？"

"我第一次来寄物是我高一的时候，我来寄放了单车。"

这么说完，笹本顿时沉默了下来。过了不久，他说："那是一辆很重要的单车，可是，最后我却把它丢在这间店里。"

接着他露出了害羞的笑容。

"在那之后，我虽然换过好几辆单车，但是再也没碰到跟那辆一样棒的单车了。"

他的笑容转眼即逝，转变成平静的表情，让我难以开口问他为什么要把单车丢在这里。

"老板变化很大吗？"我问。

"跟以前差不多啊。"笹本说，"不过因为穿着丧服，看起来果然还是有点不一样。"

"是参加亲戚的丧礼吗？"

"谁知道,可能是朋友的也说不定。"

他虽然来过不少次,但感觉跟老板好像也不是很熟。

我似乎差不多该离开了。妈妈应该已经等不及了吧。

"我该走了。"

我一站起身,笹本便说:"你不寄物吗?"

真是个热心的代班。

他的热心,让我稍微动了心。看来我还是把那东西寄放在这里看看吧。就像小时候一样,或许会遇到什么好事也说不定。可是,我不太敢交给这个男人。

"我想到一个好点子。"笹本说。

"要是给我保管,你一定会很担心吧?那我们来交换一下怎么样?我帮你保管物品,然后相对的,你也帮我保管东西。"

他在说什么啊!这个人真的越来越怪了。

笹本抱着社长,把放在桌上的书递给我,就是他刚刚在看的书,是本著名的儿童读物。看起来很老旧,外盒都破损了。

"《小王子》?"

"你看过吗?"

"有是有,不过是很久以前读的,我已经不太记得了。"

我拿着《小王子》，犹豫了一会儿。其实，我根本没读过这本书。虽然我知道书名，也常常在图书馆看到，可是小时候我只爱看漫画，对这种书一点兴趣也没有。像这种优良课外读物，只要一想到是大人推荐的，就让我觉得很讨厌。

可是眼前这位跟我同时代的男子，却是谨慎小心地带着这本书，来到这家店里寄放，就让我好奇起这本书到底有什么独特魅力。我开始有一点，真的只有一点点，对这本书产生了兴趣。要我翻来看看似乎也是无所谓。反正回到老家后我也没事做。

我拉开波士顿包的拉链，把书放进去，然后从包里拿出信封交给男子。

"那么，就拜托你把这个转交给老板了。我的名字是柿沼奈美。"

我报上了旧姓，就是我以前来这里用的名字。

笹本说着"等一下"，在白纸上记下了"柿沼奈美"。

"请问要寄放几天呢？"

对了，就跟那时候一样好了。

"一个礼拜。"

这么说完后，我正准备从钱包里拿钱出来时，笹本说：

"不用付钱了。那本书我也在你那里寄放一个礼拜。这样两边刚好都是七百元。"

我心想这样不会太随便吗？不过在交出信封后，我的心情顿时放松许多，让我觉得这样就好了。

离开店里时，笹本对我说："一定要记得过来拿。"我虽然嘴上回他"那当然"，但是我完全没有要遵守约定的意思。因为像这样跨出一步后，我的心情变得轻松多了。就连波士顿包也开始越来越轻。

穿过商店街的时候，我心想，谁还要再回去店里啊。

我不想再接近那封信封了。他寄放的旧书收起来就好。反正这是哪里都有在卖的书。

这样就好了。把一切通通忘掉吧。

母亲炸的天妇罗剩下一大半。因为良介很会吃，所以母亲每次都会大展厨艺，烧出一堆好菜。

吃完饭我站在厨房，和母亲两人一起收拾餐具。母亲洗碗，我负责擦碗。老家的厨房地板很冷。公寓的房子很温暖，可是木造的独栋住宅却很寒冷。

"对不起，忘记买酱油丸子回来了。"

"没关系,没关系。我们就分一点蛋糕给爸爸吃吧。"

"爸爸他不是不爱吃鲜奶油?"

"他戒烟之后,就变得稍微能吃一点点了啦。"

"是这样吗?"

"你这个当女儿的还真是不了解父亲。"

母亲吃惊地笑了笑。她似乎很享受这段久违的母女时光。

碗盘都洗好了。在母亲泡茶的时候,我挑了一块鲜奶油比较少的蛋糕,供奉在佛坛前。母亲端着红茶瞄了瞄佛坛,却什么也没说,开心地挑选着蛋糕吃了起来。

"记得以前有一次,爸爸跟妈妈吵架吵得很凶吧?"

听到我的话,母亲惊讶地看向我这里。

"你们有一次吵得很厉害吧?"

"奈美,你都知道吗?"

"真的吵得很凶呢。那次是在吵什么啊?"

"是在吵什么啊?"

"那时候有好几天,妈妈都是又哭又气的吧?"

"是啊。"

"可是你们不是又突然间和好了吗?"

母亲托着腮,闭上眼睛试图回想。过了一会儿她睁开双眼,喃喃地说:"当初我还以为我们已经不行了。"

"不行了?"

"虽然是到现在才说得出口的事,不过当时我甚至还准备好离婚协议书,把自己该填的地方都先写好,连印章都盖了。然后把离婚协议书放在客厅的桌上,想说等爸爸回来后就要他签名。结果那天,你爸却没有回家。"

"嗯。"

"到了隔天早上,怪事就发生啦,离婚协议书竟然不翼而飞了。"

"是哦。"

"我猜你爸八成是在半夜偷偷回到家,一看到那张纸后,又震惊到跑出去了吧。我还担心地打电话去公司,结果他却说他没看到什么纸。我想他一定是把它给丢了吧。那时候我就心想,原来这个人并不想跟我离婚,心情一下子就舒坦多了。我就跟他说'今天晚上吃关东煮'。结果你爸爸啊,就买了妈妈最爱吃的蛋糕回来了。"

"就这样和好了吗?"

母亲一时望着佛坛许久。接着她就像是打算结束话题似的说:"所谓的夫妻,就是会为一点小事吵架,再因为小小的契机和好如初啊。"

吃完一块蛋糕后,摆钟响了十下。

"你差不多该走了吧?"母亲问。

"今天我要住在这里。"

"你们两个,发生什么事了吗?"

"所谓的夫妻,不就是会为了一点小事吵架吗?"

结果母亲笑了笑,开始吃起第二块蛋糕。

接下来便是一段诡异的沉默。

母亲大概是在等我。等我自己主动说出口,等我说出争吵的微小原因,或是对生活的渺小不满,还有个性不合的琐碎抱怨。我想母亲的任务,就是要来问出这些答案。

我从来没对母亲抱怨过婚姻生活。无论是对良介还是公寓,我都没有特别对哪里感到不满。当然这并不代表生活百分之百都是快乐。今年,良介的公司没有发年终奖金,我们不但没办法出门旅行,就连我的公司也倒闭了,下一份工作都还没有着落。而且,我想生小孩。虽然一直没有成功,总有一天我还是会生;要是真的生不出来,那也只能算了。

之前鲜肉店的麻由子说过:"还好啦,不就是这么一回事吗?"的确如此。我别无奢求,所以也没什么好失去的。

母亲喝着红茶。就是现在,趁现在说出那件难以启齿的事吧。

"良介说,他有小孩了。"

母亲露出惊讶的表情看着我。想必这一定出乎她的意料吧。

"那是什么意思?"

"就是字面上的意思啊。"

"你说良介的小孩……是跟谁的小孩?"

"不知道。良介说他要认那个小孩,想成为孩子的父亲。"

母亲不知所措地一句话也说不出口,一时之间直盯着我的脸看,然后突然转头看向厨房。厨房里放着堆成山的天妇罗。之后母亲露出尴尬的表情,视线避开了我。气氛一下子变得好凝重,沉重难受。

我以开玩笑的口吻说:"不过我今天施了法术,说不定事情会出现转机。"

"法术?"

"就像妈妈当时吵架的时候,也是因为我的法术才和好的啊。"

"奈美,你在说什么啊?你还好吧?"

"反正小孩子又还没生下来。到时候可能不会顺利出生也说不定啊。"

母亲一脸震惊地看着我,仿佛像看到什么怪物一样。我是这么讨人厌的家伙吗?我都已经这么痛苦了,还得要继续摆出乖小孩的模样吗?

"我要睡了。"

我抱着波士顿包走进自己的房间。

房间摆设跟结婚前一模一样,书桌跟床都还在。英文字典上积了厚厚的一层灰。小时候我很满意这个房间,但现在我可不想再住在这里。窗帘是土气的花朵图案,床单也是落伍的格纹。这间房间实在太幼稚了。

最重要的是,看不到东京铁塔。

我换好睡衣爬上床,关上房间的灯试图闭上眼睛。

明明一片漆黑又安静,我却完全睡不着。只好不得已地打开包包,拿出《小王子》,点亮了日光灯。从外盒中一拿出书,就看到封底一角贴了张旧贴纸,上面的字虽然已经模糊不清,但还是看得出这是某间图书馆的藏书。

我已经好久没躺在床上看书了。这样就好像回到了童年时光一样。

随着怪异插图展开的故事，出乎意料地蕴含哲学，并非幼稚的童话故事，让我不禁越看越入迷。当我发现这不是给小孩子阅读的书籍时，看到了一句"真不想在睡前读这本书"，吓了我一大跳。此时电话突然响起。

声音是来自我的智能型手机。不是良介打来的，是没见过的电话号码。我战战兢兢地接起电话，对方报上了名："我是笹本。"

是在寄物商看店的男子。

"你是怎么知道我的电话号码的？"我问。

对方回答："信封里面的那张纸有写。"

我的火气全上来了。

"那封信是我寄放在店里的。没想到你竟然打开来看，这样是违反规定吧？"

"对不起，我是逼不得已。我现在需要那本《小王子》。"

我望向翻开在手中的书。

"你现在可以拿来还给我吗？"笹本说。

"现在？"

我看了看手表，已经十一点了。

"如果你可以告诉我你家的地址，我会自己过去拿。"

除了电话号码,我可不想连老家的地址都被陌生男子知道。啊,我怎么会搞出这种大乌龙啊。都是因为那间令人怀念的寄物商,让我不小心失去戒心。

我气得挂断了电话。挂掉电话后我才想到,我必须要拿回那封信封。我不能把那东西放在那种男人身上。现在别再想什么背离现实的法术了,要赶快把信封拿回来才行。

我下定决心打了电话,笹本立刻就接起。

"这样一定会让你觉得不舒服吧。我能理解。可是我并不是什么大坏蛋。虽然我也不是没做过坏事,有时候也会不小心犯错,但我不是那种会伤害女性的人。我绝对不会把信封里的内容说出去。我现在还没交给老板,如果需要的话我可以拿去还你。"

"请你还给我。"

"那我们就交换回来吧。我马上拿过去。"

"约个地方见吧。地点就约在明日町公园,你知道在哪里吗?"

"我知道。明日町公园见。"

我下了床,急急忙忙地换了衣服,心情越来越烦躁。好不容易才跟信封一刀两断，结果没过几小时又要回到我手上。

我打算出门前跟母亲报备一声时，发现她似乎正在黑暗的厨房里处理什么事。我悄悄探看，发现母亲一边碎碎念，一边把大量的天妇罗一块块拿在手上，使劲地扔进垃圾袋。虽然我看不见她的表情，但是她的背影散发着令人毛骨悚然的气息。

她在生气。是在生良介的气吗，还是在气整件事的情况？

不可思议的是，我的心里没有任何愤怒，只是觉得很痛苦而已。所以才会假装没这一回事。就只是这样而已。话虽如此，母亲的这股怒气，让我稍微变得坚强许多，心里面温暖多了。

我没有向母亲打招呼就出门了。

外面又黑又冷。为了御寒我跑了起来，身体越跑越暖和。

笹本已经先到了公园，正优哉地坐在秋千上望着天空。我跟着他的视线抬头一望，星星好美。白天虽然是阴天，现在却一朵云也没有。

笹本注意到我后，下了秋千，一脸不可思议地把信封递给我。我接过信封打开看了看里面。那张纸还在，还好端端地放在里头。

"你要离婚吗？"

"这不关你的事吧？"

"你为什么要寄放离婚协议书？"

"寄物商可以问客人这种事情吗？"

"我又不是寄物商，我只是帮忙看店而已。"

笹本的眼睛睁得圆圆的，简直就像个小孩一样。他明明是个陌生人，又不懂得遵守规定，但我却觉得他似乎有着老实的一面，让人难以憎恨。

"那是法术啦。"我试着说。

"法术？"

"只要把离婚协议书寄放在那间店，最后就不会离婚了。"

"是这样子的吗？"

"因为被施了魔法，一切又会恢复原状。"我说，然后把书递给了他。

"那么你自己呢？寄放这本书又会有什么好处吗？"

笹本接下书，露出了安心的表情。他道了声"谢谢"后，便打算转身离去。他看起来好像很着急的样子。

在来这里之前，我本来还对他充满戒心，担心他会对我做出什么危险的事情，没想到他竟然这么爽快地转头就走，真是无趣。

"为什么你要拿回这本书?"

听到我的问题,笹本停下脚步回过头。他严肃地看着我说:"因为这是很重要的宝贝。"可是这并不能作为答案。

"既然是重要的宝贝,为什么要寄放在我这里?"

"我觉得这样说不定能拯救你。"

"拯救我?为什么你觉得我需要拯救?"

"因为会来那家店的人都是这样啊。"笹本一脸理所当然地说道。

他说的是事实,我无话可说。

"我常常一不小心就会做错事。虽然我忍不住把书交给了你,但是之后我才发现这是很重要的东西,不能交给其他人。"

这么说完,笹本再度抬头望着天空,"不晓得在那些星星之中,有没有小王子的星球。"他说。

我看看天空,满天都是星星。可是我还没读完书,不晓得该怎么回答。

"你看得见羊吗?"笹本问。

故事里好像有出现羊。

"我有近视,所以我看不见。"我向他解释。

"那只手表是你自己选的吗?"我问。

笹本看看手表说:"这是父亲的遗物,很不适合我吧?"

"明天去寄物商那里就能见到老板了,希望你的法术会成功。"

笹本这么说完后便转身离去,身影渐渐消失。

无意间,我突然觉得他好像某个人。到底是谁啊?我们以前曾在哪里见过面吗?我想不起来。

我怀着喉咙哽着异物的心情回到家。

我在早上七点起床。母亲已经站在厨房里了。

母亲说着"早安",帮我添了碗暖和的味噌汤和白饭。我已经很久没和母亲一起吃早餐了。她的和蔼表情,让人完全联想不到昨晚杀气腾腾的模样。

吃饱饭,我说要散散步便出门了。母亲说外面很冷,便把大衣借给我穿。一穿上充满母亲气息的大衣,让我越来越觉得自己回到了小时候。

走了一段路后我才发现,原来树叶已经开始红了。许多昨天没看到的光景,我在今天都注意到了。不晓得明天会不会又看到不同的景色。

抵达了明日町金平糖商店街，还有很多商家都是铁门深锁。在这其中，写着"SATOU"的门帘已经挂了起来。

一钻过门帘，老板马上就发现了我，对我说"欢迎光临"。老板的模样跟十七年前一模一样。

他留着干净清爽、造型利落的黑发。虽然其中夹杂了一些白发，不过看起来还是很年轻。矮桌上也跟以前一样，摊开着一本厚重的点字书。

"早安。"我说，然后登上和室房，跟昨天一样坐上客用坐垫。

紧接着我立刻吓了一跳。玻璃柜中放着《小王子》。那本书小心翼翼地摆放在八音盒的旁边。

笹本已经先来过一趟，寄放了这本书啊。他明明就说这是"重要的宝贝"。

老板说："好久不见了呢。"

我大吃一惊。

"你知道我是谁吗？"

"是柿沼奈美小姐吧？"

"你是听笹本先生说的吗？"

"笹本？"老板一脸讶异。

"就是昨天在这里帮忙看店的笹本先生。"

老板皱起眉头一语不发。他一脸纳闷，似乎是在思考着什么事情的样子。我开始害怕起来。

"就是那位啊，来寄放《小王子》的那个人。"我指了指那本书。我早就知道老板的眼睛看不到，但我还是伸出了手指。

老板打开玻璃柜，拿出了《小王子》，接着说道："这是我的书。"

"以前原本是客人寄放的物品，但是因为过了寄物期限，客人还是没有来领回，现在就成了我的东西。"

这是怎么回事？我已经被搞得一团糊涂了。

"寄放这本书的客人，是留着褐色头发的男人吗？"我试问，但很快就发现就算提到发色，老板也不可能知道是谁。

老板说："寄放这本书的客人是位女性。本店的确有位叫作笹本的男客人，可是最近没有来过。"

"那么，为什么你会知道我的名字？"

老板露出困惑的表情说："因为你十七年前就光临过本店了不是吗？"

"你还记得吗？"

"听声音就知道了。我还记得你书包上的铃铛声呢。"

"已经是十七年前的事了。你还记得我寄放了什么东西吗?"

"我记得是一张薄薄的纸,不过我的眼睛看不到,我不晓得上面写了些什么。"

"那个是……"

我把话又吞了回去。我已经不晓得自己要说什么了。

老板的态度很冷静。

"本店是寄物商。不会对寄放的物品做出任何事。本店只是一心一意地在保管物品而已。"

一只白猫从屋内现身,爬到老板的膝上。

"社长?"听到我这么喊,老板说:"没想到你竟然知道它的名字。"

"我昨天就来过这里了。"

"本店连休两天没有营业。"

"是去参加法会吗?"我问,老板一脸诧异地说:"是的。"

"你有拜托谁来看店吗?"

"没有。"

我吓得不知所措。心想着要冷静下来。我就像是在对自己再三确认一样,向老板说明了昨天发生在这里的事情。

"我昨天来的时候,店里开着张。有个叫笹本的男子在看店,我还寄放了一封信给他。"

老板静静地听着我说。

"作为交换,他也在我这里寄放了一样东西,就是那本《小王子》。"

老板把《小王子》从外盒中拿出来,打开翻了翻,温柔地抚摸着。他用掌心检查了好几遍,似乎在确认是这本书没错。我看手的姿势就能知道,这似乎是非常重要的物品。

我想起昨天与笹本之间的对话——

"为什么你要来拿回这本书?""因为那是重要的宝贝。"

那本书不是他的重要宝贝,而是老板的才对吧。

"昨天晚上,他打了通电话给我,说他想要拿回这本书,我就拿去还给了他,然后把我的信换了回来。其实那本书不是他的,而是你的才对吧?"

老板点点头。

我不禁担心起来。

"那个人可能是小偷也说不定。假装是在看店,但其实是在物色店里的东西,对,肯定是这样没错。店里有掉什么东西吗？"

"没有。"

"你有仔细看过了吗？"说完后，我才发现自己说了一句很失礼的话。

但是老板没有露出丝毫受伤的模样，微笑着说道："我虽然看不到，但是我都检查过了。因为这家店存放着堆积如山的重要物品啊。我每次出门的时候，都会好好锁上大门，可是前天因为太匆忙，一不小心就忘了关后头的窗户。不过别担心，店里一样东西都没少。而且就算真的有人溜进店里，他也没办法偷东西。"

我试着想象起屋内的模样。建筑老旧，充满古早味的狭小民宅，完全看不出有任何万全的防盗措施。难不成其实在里面，有一道只会对老板声音有反应的秘门，而门的后面，就是寄放物品的国度吗？

当然，不可能会有这种事。

"这家店曾经遭过小偷吗？"

"或许曾有小偷跑进来过也说不定。"

"咦？"

"可是店里从来没少过任何一样东西。"

我看了老板手中的那本《小王子》，默默在心里嘀咕："那本书昨天晚上就放在我家啊。"不晓得老板是不是接收到了这些话，只见他翻开书页秀给我看，"看，我宝贝的书现在就在我手上啊。"他说。

我依然无法释怀，不死心地问："你是什么时候回来的？"

"晚上很晚的时候。"

"那个人是在深夜里跑来找我拿回这本书的。他会不会是知道老板回来了，怕你发现少了东西，才急急忙忙来拿回这本书？"

老板一时沉默不语。社长离开他的膝上打了个大呵欠，蜷着身子又伸了伸懒腰。

老板缓缓地说："要不要换个方向来思考看看？说不定他是想要把你寄放的物品还给你。那本书或许只是个借口而已吧。"

"这是什么意思？"

"笹本先生可能觉得，你寄放的那样物品，应该要带在自己身边才对。"

"……"

"要不要寄放，或者是拿来寄放后该不该领回去。这些都应该由物主自己来判断,可是一旦知晓了寄放物品的内容,就会不小心做出多余的举动。"

老板这么说着,再度摸了摸窝回他膝上的社长的后背。

"因为我看不到,才有办法和寄放的物品保持距离。或许也多亏如此,我才能继续这份工作吧。"

老板抱着社长,他的身影与笹本相互重叠。那时候的社长跟现在一样,安心地在被笹本抱在怀里。

"今天需要寄物吗?"老板说。

我把手伸进妈妈借我穿的大衣口袋里,里面放着信封。我今天就是为了寄物才来到这里。

为了消除迷惘的心情,我环视了店内。接着我试着说道:"好棒的玻璃柜啊。"

老板一脸开心地说:"这还是第一次有人称赞玻璃柜呢。"

我想起过去的记忆。

"小时候来这里,我就觉得光线透过玻璃柜的模样漂亮极了。不过像这样把八音盒放在里面,该说是沉稳吗?我觉得现在看起来比之前舒服多了。感觉就像是……"

"感觉就像是?"

"就像每样东西都安居在自己的归处一样。"

脱口说出这些话后,我突然寂寞了起来。因为现在的我,没有自己的归处。

老板说:"你要看看八音盒吗?"

"可以吗?"

老板轻轻地把社长放到榻榻米上,从玻璃柜里拿出八音盒,用他美丽修长的手指拧紧了发条。接着他把八音盒搁在榻榻米上,用手示意我掀开盒盖。

那是一个点缀着华丽装饰的八音盒。我缓缓掀开有些沉重的盒盖。

盒中立刻开始响起令人怀念又感伤的音乐。

那是惹人怜爱,如光芒一般的音色。社长似乎十分喜欢这首曲子,只见它露出肚子发出咕噜咕噜的声响。

"真是首好曲子。"我说。

老板紧接着说:"这是梦幻曲,是舒曼的曲子。"

曲子虽美,可是因为是八音盒,乐声一下子就结束了。尽管听的时候很幸福,但最后却会留下一抹寂寞。如果我还是少女的话或许不会在意,不过我现在也已经二十七岁了,最后的寂寞感更是刻骨铭心。

"这也是超过寄物期限的物品吗?"

"不，目前还在寄放期限内，距离期限还有很长一段时间。听说这东西其实非常值钱，所以如果真有小偷闯进来，我想他一定会率先偷走这个。在这家店里，没有比这个还要更值钱的东西了。"

老板宝贝地将八音盒收进玻璃柜。

我昨天偷窥店里的时候，笹本正在读着《小王子》，八音盒就放在玻璃柜里。

老板说："笹本先生是店里的客人。他大概是偷偷来帮我看店吧。"

社长就像在同声附和，喵呜叫了一声。

我不经意地想道：该不会笹本原本是打算来寄放那只手表吧？不过他可能改变了心意，决定要继续留着用也说不定。他会不会已经从这家店毕业了呢？

我说着"我下次再来"，站起了身子。钻过门帘的时候，我听到老板说了那句"路上小心"。

这句"路上小心"拥有一股力量。我觉得自己仿佛被推了一把。我一步步向前迈进，靠着这双脚走到区公所，交出离婚协议书。上面没有漏掉任何一处，印章也着实地压印在上面，完美无缺。

身体变得好轻盈，全身轻飘飘的。

我在回去的路上绕到站前书店，买下了《小王子》。然后走进咖啡厅，读起接下来的故事。我在享用完三杯咖啡和一根热狗后读完了全书。

走出咖啡厅时，已经是傍晚时分。我绕到了明日町公园看看。秋千和沙场，还有单杠与滑梯都被夕阳染了色。记得笹本好像在这里说了什么小王子的星球，还有看见羊的事情。

现在的我都明白了。

在故事当中，狐狸告诉小王子"真正重要的东西，眼睛是看不到的"。

因为寄物商的眼睛看不到，所以才会尽是看见重要的东西吧。我虽然也想拥有一双心眼，但我却只看得到橘色的秋千和沙场，还有单杠跟滑梯，根本看不见小王子也看不见羊。

我心想着自己大概只能看见"实物"，望着刚刚读完的《小王子》封面。

我在心里"啊"了一声。

对，那个叫笹本的男子，长得就像插图上的小王子啊！

宛如玉米须的褐色头发，如同橡实一般的双眼，真的一模一样。

我开始觉得不太对劲,抬头望了望天空。我顿时吓了一跳,我看见晴空塔了!

以前明明怎么找都看不到,现在却突然之间现身了。难不成,这就是所谓重要的东西吗?

怎么可能?这可是眼睛就看得见的实物。

晴空塔比想象中还巨大,还要更强而有力。我开始觉得这座城市在欢迎我的到来,在对我说:"欢迎回家。"

眼睛就看得见的实物,其实也挺不赖的。我打算去找鲜肉店的麻由子,告诉她这座公园就看得到晴空塔呢。

老板的恋爱

阳光从玻璃门照射进来。

沐浴在太阳光下的坐垫变得蓬松软绵。我坐在饱满的坐垫上，全身蜷成一团。只要这样做就会特别舒服。

这是五月的一个午后。

这里是位于一条叫作明日町金平糖商店街一端的小店，也是我的家。其实这张放在和室里的坐垫，是专门给客人坐的。

真有罪恶感啊。因为只要有客人进来，我不就得离开吗？毫不知情的客人坐上那张坐垫后，我留在上面的毛就会通通沾到他们身上。我的白毛可是特别缠人的"跟踪狂"，会黏着上班族的西装不放，会紧跟着大婶的袜子不走，当他们离开店里走在商店街的时候，大家都会一目了然，"喂，你看，那个人刚刚去了寄物商那里。"

可即便如此，基本上不会有人上前提醒"你沾到猫毛了"，客人们就会以这副模样搭乘电车或公交车，将我的毛带到其他土地上。

这是场旅行啊。

光是想象就让我兴奋难耐。

我出生在金平糖商店街，在金平糖商店街长大。我当然从来没有出门旅行过,更何况猫咪对势力范围十分敏感,不是喜欢旅行的生物。我的势力范围是商店街的前头到后尾。尽管这对猫咪来说已经够大了,不过我的心里还是怀着些许好奇心,一直都想要试一次看看。没错,就是旅行。虽然我这辈子大概都不会离开这条商店街半步,但是一想到至少自己的毛还能出门旅行,就够我开心了。

摆钟响了三声,老板从屋内房间走了出来。下午开店的时间到了。

老板伸出他纤细美丽的手,挂起蓝色的门帘。门帘缠上了他的手腕,老板细心地拨开帘布。

老板他毫不知情。老板不晓得那面门帘其实怀着一颗女人心,甚至还爱上了他。摆在入口处的玻璃柜有颗男人心,他总是摆出高高在上的态度在看着老板。

就像生物有性别一样,其实物品也有性别之分。理所当然地,身为猫的我也有性别。

老板很擅长应付数字,也拥有超群的记忆力。他明明这么聪明,却还是有点少根筋,根本没发现我其实是个女孩子。所以他才会帮我取了"社长"这种像极了糟老头的名字。社会上好像也有很多女社长的样子。不过,如果不特别称呼对方为女社长，光说社长二字，都会让人联想到男生嘛。我不喜欢这个像男人的名字。于是我帮自己取了个名字。

水波蛋。听起来很棒吧？

在我自己的心里，这才是我的本名，老板取的名字则是绰号。说到我为什么要取"水波蛋"这个名字，是因为从老板跟相泽之间的对话，我明白了以下几件事：

老板喜欢吃水波蛋。

老板很擅长做水波蛋。

水波蛋又白又软嫩。

得到这三项信息后，我才决定了自己的名字。听起来很有女人味，我非常满意。

我说的那位相泽，是在做点字义工的阿姨。会在这家店出入的人，除了客人之外，差不多也就只有相泽跟区公所福祉课的大叔了。相泽前阵子因为眼睛不舒服，暂时放下了义工的工作。不过就在之后，她的眼睛似乎已经完全治好了。

"幸好我有咬牙接受手术，以后我就可以尽情打点字了。不过眼睛变好也不尽然全是好事呢，发现自己脸上的细纹时真是吓了我一跳。"

手术是什么东西啊？是把坏的眼睛取出来，再把好的眼睛装进去吗？

老板挂好门帘后，便在和室房里读起点字书来。因为眼睛看不到，他都是用手指在读书。我在坐垫上蜷成一团，眯着眼睛望向老板。

老板有张美丽的脸庞。看不见的双眼就像玻璃一般，呈现出清澈的灰色。鼻子高挺却又不会太高，嘴唇单薄却又不会太薄。肌肤是象牙色。头发又短又黑，看起来很干净。

老板跟相泽不一样，他没有去换眼睛。为什么呢？老板的脸上又没有细纹，他根本不需要害怕。

如果能够看见自己的脸，老板应该会大吃一惊，没想到自己会这么美丽吧。可是对我来说啊，我觉得他维持这样就好了。因为没发现到自己的美，也是老板的魅力之一。

我有时候会这么想：老板会不会连自己是个男生也不知道？因为不管客人是男是女，他一律一视同仁。不会碰到女客人就便宜一点，遇到男客人就会萌生同理心等等，他的心理完全不会出现这种变化。

我跑去偷看过明日町金平糖商店街的其他店家，从没见过像老板那样的人物。大家身上多少都会带着男人味，又或者是女人味。没错，味道还很重呢。像食堂的老爹会假借"淑女午间套餐"一词故意给女生优惠，理发院的阿姨会给来刮胡子的男客人优待。这种时候我都闻得到偏心的味道。

老板是无臭的。该不会老板不是男生吧？

我要说一件极为机密的事。其实，我是出生在老板的手掌心里。他的手掌就像花苞一样包裹着我，当双手忽地张开时，我就从口中发出了"喵呜"的声音。这就是所谓的呱呱坠地。

我的记忆就从这里开始。这个场景我记得清楚极了。换句话说，老板就是我的妈妈。

在小的时候，我一直这么深信着。相信每只猫都是出生于人类的掌心里。这十年下来，我已经了解这个世界的结构，明白猫都是由猫生下来的。我甚至看过小猫出生的过程呢。就是商店街理发店的小虎生小孩那时候。虽然画面触目惊心，不过这才是事实。看来似乎只有我是从老板手中出生的。我好像是只特别的猫。

"特别"这个字眼，听起来很响亮吧？好像女王一样呢。

老板隐瞒了这件事情。没有告诉别人他生下了我。他还对外宣称"这小家伙是客人寄放的"，故意混淆视听。要是大家知道老板能用手掌生下猫咪，恐怕会有人跑来拜托他吧。

老板要处理寄物商的生意,还要忙着阅读喜欢的书,肯定不想增加生猫的副业吧。

我是老板唯一的小孩。我虽然希望他可以注意到我不是儿子,而是女儿,但是老板对男女的事情实在很迟钝,这可能太强人所难了吧。

门帘左摇右晃,又有客人来了。

一位身材纤细的女子走了进来。淡褐色的长发轻盈飘逸,脸庞白皙,身穿奶黄色的连身裙,该怎么说呢,她给人一种色彩淡薄的印象。不过,她身上的气味倒是非常清晰明了,是皂香,是那种白色四角肥皂的香气,老板喜欢的东西之一。

附近的住户,好像都是按一下一种像是机器人的容器顶端,挤出像水一样的肥皂来用,但是老板就是喜欢四角形的肥皂,每天都用这种肥皂来洗手。宛如苍蝇搓手一般地用力搓揉清洗。这种热衷,是他仅次于读书之外的兴趣。为了知道肥皂到底是哪里惹人喜爱,我曾经试着舔过一次,是让人想吐的滋味。

如果舔一舔这位客人,她的味道是不是也很苦涩呢?

"欢迎光临。"老板说。

我把坐垫让给客人,在和室里的一角缩成一团。色彩淡薄的肥皂小姐脱下鞋，登上和室，微笑着对我说："谢谢。"然后坐上满是白毛的坐垫。那是余音绕梁的美丽声音。

"咦？"他的脸上浮现出疑惑的神情，似乎是因为不明白客人道谢的原因，这让他感到很紧张。不过感觉还真是怪啊。依老板的个性，他平常面对任何事情都是处变不惊，但他今天一下子就露出了动摇的表情。

"为什么要道谢呢？"

老板甚至还主动发问了。他好像很慌张，声音听起来不知所措。

"因为这只猫咪把坐垫让给我。"肥皂小姐解释。那是像铃铛一般的声音，好听到让人想再多听一点。

"这可不行。"

老板站起身子。

"坐垫上应该都沾满了猫毛。请换成这个吧。"老板一边说，一边伸手拿起自己的坐垫。老板脸上冒出为难的神色，看来他似乎发觉到垫子早已变得扁平轻薄，到最后还是没有递出去。

感觉越来越怪了。难不成是因为肥皂香吗？老板大概是被他最喜欢的肥皂香给耍得团团转吧。

竟然能让冷静稳重的老板这么慌张，肥皂小姐还真是位厉害角色。

她不过只是走进店里来罢了。

仔细端详，肥皂小姐有张清秀可人的脸庞，仿佛就像娃娃一般，应该可以称得上是美人。尽管老板看不见这张脸，他应该也很明白吧。是从香气得知的吗？还是声音呢？

哎呀呀，不得了啦。

老板的胸口开始发出扑通声了啊。虽然肥皂小姐听不见，但身为猫的我可是听得一清二楚呢。

扑通扑通扑通扑通扑通。

这看起来……很明显是恋爱了吧。

真讨厌啊，竟然亲眼看见老板首次在意起女性的瞬间。光靠气味跟声音就能坠入爱河，这岂不就跟猫一样了吗？在我眼里，就等于是看到妈妈的初恋一样，该说是难为情还是尴尬好呢？心情好复杂。话说还真是令人担心啊。我只希望老板不会受到伤害就好。

老板现在三十七岁，可是他的心灵依旧跟少年没有两样。竟然到现在才初恋，真是笑死人了。

肥皂小姐微微一笑。

"没关系。我坐这张坐垫就好,反正我不讨厌猫。"

只见老板搔了搔头。

"可能从之前到现在,我一直都让客人坐在满是猫毛的坐垫也说不定。"

又来了,他又说话了。老板不但话比平常要多,更重要的是,他现在还站在客人面前。

"你该坐下来了啦。"我说。尽管我说出口的还是"喵呜",老板看起来似乎是听懂了,不好意思地放好扁平的坐垫,坐了上去。他的位置离肥皂小姐很远,比平常面对客人的距离远多了。

老板果然恋爱了啊。恋爱会让人变得胆小。

门帘轻轻飘荡着。看来老板的变化,连门帘也发现了。

老板好像总算是找回了专业意识,开口问道:"请问要寄放什么呢?"这时候肥皂小姐从褐色的皮包中,拿出一本老旧的书交给老板。外面虽然还有盒子装着,不过看起来很明显就是一本书。

尽管我很慎重地在观察,但肥皂小姐和老板的手指还是没有碰到,只差一点点而已。

"这是书,没错吧?"

老板像在做检查似的用手摸摸外盒。当他的手指一碰到一张小小标签时,他露出了吃惊的表情。

"这是图书馆的书。"肥皂小姐说。

听到这句话,老板虽然一脸担心,还是什么也没说。很好很好,老板又慢慢恢复成平常的样子了。不管客人有着什么样的原因,放下多余的好奇,收取一天一百元的费用保管物品。这就是寄物商的工作。

肥皂小姐说:"前天,我本来想拿去还书,可是图书馆已经关了。"

"图书馆关门了吗?"

"是啊,从七年前就关门了。"

"七年前?"

肥皂小姐说了一声"是的",垂下眼。

我坐在老板的膝上。因为我希望老板能够变回往常的他。不过看来效果不彰,只见老板小心翼翼地摸着书,甚至忘了要摸摸我。

我这只猫好歹也活了十年,当然多少知道图书馆的架构,就是一家借书的店。做点字义工的相泽也说她常去图书馆借书。

寄物商是专门负责保管，而图书馆正好是恰恰相反的店。图书馆跟这里不一样，好像有很多人都会去光顾，感觉很热闹的样子。我以前对图书馆抱有竞争的心态，因为我很忌妒它们这么受欢迎。不过，我现在改观了。本来我以为去那里借书，顶多也只有一周、两周的期限，没想到竟然能借到长达七年的时间，更何况客人还这么多。真不晓得它们怎么记得住。真是辛苦的大工程啊！与其视图书馆为对手，我现在反而开始尊敬它们了。

肥皂小姐说："真是漂亮的八音盒呢。"

奇怪？

这两个人怎么感觉好奇怪。

老板应该要询问寄物期限和收款，肥皂小姐应该要掏钱付款，让作业流程继续下去才对，但他们现在却一派悠闲地在聊天，而且还是在聊跟书完全无关的话题。

老板似乎很欢迎她闲话家常，一脸开心地说："你要看看吗？"接着他匆匆把我从膝盖上放下，打开玻璃柜，拿出里面的八音盒。我非常喜欢八音盒，所以开心到静不下来。老板一如往常地用他纤细美丽的手指拧拧发条，将八音盒搁在肥皂小姐的面前。

"请打开盒盖吧。"

肥皂小姐点点头,双手轻轻掀起盒盖。我最喜欢的曲子便顿时响起。只要一听到这首曲子,我的喉咙就会自然地发出咕噜咕噜的声音,身体也会软趴趴地放松下来,让我忍不住想要露出肚子。这首曲子我真是太喜欢了,音色听起来就像是色彩缤纷的小珠子在舞动跳跃一样。

跳呀跳的,跳呀跳的。

不过可惜的是,音乐一下子就播完了。

曲子一播完,肥皂小姐便说:"真美的曲子呢。曲名是什么啊?"

老板答道:"幻想曲,是舒曼的曲子。"他看起来一副总算想起我的模样,把我抱回膝上。

"我下次买张CD好了。"肥皂小姐说。

老板马上客气有礼地说:"CD听起来跟八音盒的音色很不一样。"

之前老板曾经买过CD回来重复听了好几遍,不过他好像比较喜欢八音盒的"幻想曲",最近都没看到他拿CD出来听。

老板吞了好几次口水。他大概是在忍住不说出"不介意的话,我送你那张CD好了"这句话吧。这样感觉太亲昵了。而且在我听来，CD版的"幻想曲"就像是另一首曲子，完全打动不了我。

他们两人就像朋友一样继续聊着天。

"这个八音盒是店里的东西吗？"肥皂小姐问道。

"是客人寄放的物品。"

"真漂亮啊，放在玻璃柜里看起来又更美了。寄放的物品都是放在这里吗？"

"不，平常都是收在里面的房间，只有这个比较特别。当时客人在寄物的时候，就要求我要偶尔拿出来听听。"

此时肥皂小姐好像在思考什么的样子。"我的书也可以比照这么做吗？"她说。不等老板同意，就径自将八音盒收回玻璃柜，再把自己的书排放在旁边。放好后，她仔细端详了一会儿，心满意足地这样说道："这样看起来，书好像很幸福的样子。"

老板竖耳倾听，没有漏掉肥皂小姐的任何一句话。看来他是在努力地想象吧，想象着书本幸福的光景。

此时门帘突然激烈地晃动摇摆，这是在吃醋吧。一阵强风，把肥皂小姐的发丝也吹得随风摇曳。受到风的刺激，老板总算是想起了工作。

"请问要寄放几天呢？"

"我想想哦，这样会是几天啊？我会在六月三号的傍晚过来拿。"

"六月三号？"

"对，那天是我的结婚典礼。典礼结束后，我会再过来拿。"

要是平常的话，老板都会迅速地计算出金额，告诉客人这样总共是几天还有费用，但老板现在却只是默不作声地在摸着我的背。虽然他面不改色，但是我可以从掌心中感受到老板的失落。

老板在同一天初恋又失恋了，而且还是在这么短的时间里。我很同情老板，但门帘却开心地左摇右晃。真是爱幸灾乐祸的女人啊。

肥皂小姐说："可以让我抱抱那只猫吗？"

老板把我交给了肥皂小姐。这时候肥皂小姐的手轻轻碰到了老板。

我看见老板的双颊变得有些泛红。

是香气，一被肥皂小姐抱在身上，就好像全身都包裹在肥皂之中。她大概经常洗手吧，说不定她连衣服都是用肥皂洗的。

"那本书，不是借的。"肥皂小姐说。

"那是二十年前，我偷来的书。"

我大吃一惊！这个人是个小偷？

她竟然用美丽的声音，吐露出意外的告白啊。她的表情，就像是在闲聊天气一样地心平气和。

该不会，她企图偷走八音盒吧？

该不会，她打算要把我给拐走吧？

老板从容不迫地默默侧耳倾听。他明明很在意肥皂小姐，却对偷窃的行为很宽容。

肥皂小姐继续说："那时，我的身上没有借书证。那东西虽然任何人都可以简单地申请，可是如果没有做居住登记，就没办法办理了。"

肥皂小姐用指尖搔了搔我的下巴，这感觉真是舒服。肥皂小姐可能跟猫咪一起生活过吧，她对待猫咪的方式比老板还要有技巧。

"小的时候，我总会特别想要自己没有的东西。我以前很羡慕朋友的借书证，虽然对方说他可以帮我借书，但我就是不想要这样。羡慕的情绪就像一团黑烟，总是堆积在我的肚子里。"

黑烟是老板烤秋刀鱼时冒出来的烟气颜色。我想象着一团黑烟堆在肚子里,感觉好像也没有什么特别不舒服。不过肥皂小姐似乎很讨厌黑烟的样子。

"虽然我总是尽量避开图书馆,但是有一天我就是特别想要去看看,忍不住走了进去。那是我小学三年级的秋天。里面有好多书,简直就像在做梦一样。正面最显眼的书柜上,就摆着这本书。我对封面一见钟情,很想要看看内容。我定睛一看,发现架上竟然有十本一模一样的书。明明其他的书都只有一本,这本书却有十本摆在上头。于是我心想,反正这里有十本,就算带一本走应该也不会被发现。然后,我就把书藏在毛衣里,偷偷带回了家。没有任何人上前盘问我,一切十分顺利。"

接着老板问道:"书好看吗?"为了带过偷窃的罪行,他打算将话题转到书的内容上。不过肥皂小姐的回答却是出乎意料。

"我没有看。那天回家后,在面对书本的那瞬间,我开始觉得这本书好可怕,心里越来越难受,我就把书收进了柜子深处。我明明那么想看,结果却变得连碰都不敢碰。我还真是任性。"

门帘突然摇晃了起来。她大概是在谴责肥皂小姐,"对啊,你太任性了。"毕竟门帘打从刚刚开始就在吃醋,现在全身都变得皱巴巴的。

"之后每次搬家我都打算要把那本书丢掉,但最终还是无法丢弃,心想总有一天一定要拿去还,结果就这样放在身边二十年了。"

"你不会感到痛苦吗?"

"老实说,平常我完全不会记得这件事。我现在办了住民票[1],也有了户籍,已经可以得到最基本的待遇,像是借书证,只要我想就可以去办理。虽然我从来没办过就是了。毕竟在心里面,还是会有种罪恶感。"

罪恶感是什么东西?

照话题的内容听来,应该是指"对不起"的心情吧。

"在我忙着为婚期整理行李的时候,就发现了这本书。我下定决心这次一定要乖乖还回去,然后坐上了电车,去了以前居住的城市。结果没想到图书馆早就关门大吉,我再也还不了书了。一想到自己已经没办法归还,反而让我变得更在

---

1 居住地之地方公所所开具的居住证明。

意。为了暂时避开这本书，我才会拿过来寄放。"

"婚礼结束之后，就会没事了吗？"

"我不晓得。虽然不晓得，不过我觉得只要结完婚，好像就再也变不回过去的自己。因为我已经得到归处了。我想这么一来，就有办法再度面对这本书了。"

"你想要读读看吗？"

"是啊，我想要试着阅读看看。我认为好好接受这本书，还有自己的过去之后，我就能够向前迈进了。"

"本店会小心代为保管的。"老板说完，告知了寄物金额，收取费用。肥皂小姐抱着我站起身说："拜拜了，水波蛋。"

我大吃一惊！为什么她会知道我的本名？

老板也讶异地重复道："水波蛋？"

肥皂小姐把我放到坐垫上。

"是啊，我走进店里的时候，这孩子就睡在坐垫上，看起来就像水波蛋一样。水波蛋也是白白的，只要煮得成功，就会像这样圆滚滚又软软绵绵的。我很爱吃水波蛋，所以在家常常做。很适合铺在烤好的马芬面包上面一起吃哦。"

老板也很爱吃水波蛋，常常会煮来吃。相泽说煮水波蛋太难了，她做不来。老板可以很利落地完成这道连双目健全的人也不见得做得出来的料理。家务和工作也是如此。老板都是在几经失败和重重练习下才能顺利完成。重点就是要抓到诀窍。老板待在里面房间的时候，总是埋头在努力，不过他好像不想被其他人知道这些事，总是一脸优哉地待在店里。

不过说到了马芬面包，老板倒是从来没把水波蛋放在马芬面包上一起吃。马芬面包是什么啊？长得跟坐垫差不多吗？

老板没有说出自己也很喜欢水波蛋。不过，他一如往常地撒了谎。

"这小家伙也是客人寄放的。"

"她叫什么名字？"

"叫社长。"

"哎呀，竟然帮女孩子取这种名字？"

老板顿时露出惊讶的表情。他果然不晓得我是个女孩子，就连我是只白猫这件事，也是点字义工的相泽跟他说的。他美丽的手指可以阅读点字，可是似乎没办法辨别我的毛色和性别。

肥皂小姐离开了，店里还残留着她的香气。老板发呆了好一阵后，才在收起钱的时候喃喃嘀咕。

"名字……"

哎呀呀，老板竟然忘了问客人的名字。这还是他第一次犯下这种错误。毕竟这是他第一次恋爱，也是第一次失恋，在所难免。

我去帮忙叫客人回来好了。虽然语言不通，不过只要喵喵叫几声，对方应该可以明白些什么。因为肥皂小姐的第六感很准嘛，准到连我的名字都知道。

我离开店里，跑在商店街上。从气味闻起来，肥皂小姐现在应该还走在商店街。

啊啊，我看到了，是浅褐色的头发。等一下！

我边喊边往前跑。

我的声音根本帮不上忙。我越跑，声音就越往身后散去，完全传不进肥皂小姐耳里。肥皂小姐穿过商店街，开始走上前方的斑马线。尽管这里已经超过我的势力范围，我还是鼓起勇气追了上去。就在肥皂小姐越过斑马线的同时，她注意到了我的声音，回过头来。

她的脸上没有笑容。肥皂小姐露出惊讶的表情，好像在喊叫些什么。不过她的声音，被一阵猛烈噪声给盖了过去。

我看向噪声的方向。

有个像房子一样的巨大物体朝我迎面扑来！

害怕到动弹不得。

声音跟视野骤然消失——是一片虚无。

下一个瞬间，我忽地闻到了肥皂香。肥皂小姐的手指揪着我，把我朝空中甩去。我在半空中滚了几圈，轻巧地着地。

等我回过神来，自己已经站在商店街的入口了。定睛一看，斑马线的正中央停了一辆大卡车，一位大叔下了驾驶座，朝下方探头查看。

我开始慢慢听得见声音了。

我听到有阿姨发出像惨叫一般的声音，还有大喊着"救护车"的男人叫声，我没看见肥皂小姐。她说不定已经回去了。

我也回去吧。

我有气无力地走在商店街上。

肥皂小姐会在六月三号的时候，再回到寄物商这里。说不定她的身上不会再散发肥皂香，而是变成了其他味道，可是我看过肥皂小姐的脸，我可以帮忙告诉老板："她就是肥皂小姐。"不过老板的听力很厉害，光凭着那像铃铛般的声音，应该就能立刻认出她了吧。

我回到寄物商,老板惊讶地竖起耳朵,发现是我进门后,便出声唤了我:"社长,过来。"

我坐到老板的膝上。老板轻轻抚摸着我的背,就像在阅读点字书一样,他的手来回抚摸了好几遍。他是打算阅读我的心吗?这样怎么可能读得到呢?

我的视线能到达玻璃柜。里面陈列着我喜欢的八音盒,还有肥皂小姐的书。

对老板而言,六月三号是什么样的日子呢?

到了那一天,肥皂小姐就会来到店里。虽然令人期待,但那时候的肥皂小姐早已嫁人了,所以那天也能算是个寂寞的日子。说不定只要一成为别人的太太,身上就再也不会散发出那样美好的香气。

就在我左思右想的时候,远处传来警报的声响。

喔咿喔咿、喔咿喔咿、喔咿喔咿、喔咿喔咿。

因为声音很远,听起来也不会觉得特别扰人。

离六月三号还有半个月左右的时间,乍看之下,老板的生活依旧一如以往。

早上七点开门营业,十一点暂时休息一阵子,下午三点再度开店,晚上七点打烊。有时候可能一整天连一个客人都没有,他的工作就是默默等待。老板会在这段时间阅读点字书。

尽管爱上老板的门帘,还有趾高气扬的玻璃柜都没发现,但是我十分明白。老板从那天开始,就一直在等待肥皂小姐。虽说老板的工作就是等待,不过他却不是以面对工作的心情在等待着。

因为从那天起,老板每天都会煮水波蛋,然后挑战他以前从没试过的吃法。

之前,老板都会先在白色的碗里添好饭,再把水波蛋放在上面。他会用汤匙弄破又白又柔软的蛋,让蛋黄渗进饭里一起吃。我不清楚其他人是怎么做的,但是眼睛看不见的老板在吃东西时,总是需要花费一番功夫。例如咖喱饭。那是在淋上咖喱酱后,伴着白饭一起吃的食物。老板必须要小心不要光吃白饭,以免剩下一堆咖喱酱。

肥皂小姐光临后的隔天,老板第一次将水波蛋放在又白又圆的扁面包上。那好像就是肥皂小姐说的马芬面包。

老板把水波蛋放到了马芬面包上,但是他似乎不知道该怎么吃才好。烦恼到最后,他干脆直接用手拿起面包大口咬下去。马芬面包被老板的门牙肢解,蛋黄沾上鼻头,染上手指,甚至还滴落了下来。老板轻声发出"啊啊"的惨叫声。

即便如此,没有学到教训的老板还是每天这么做。他反复练习了好几遍水波蛋配马芬面包的吃法,然后在五月底的最后一天,他终于成功用刀叉利落地品尝到了。因为老板很努力,才能锲而不舍地攻克难关。

以后要是有一天能跟肥皂小姐一起用餐,也不会有问题了。虽然不大可能有这种机会,但老板还是为了以防万一事先做了练习。

时间来到六月,我不经意地这么想。说不定,肥皂小姐不会再来店里了。客人的心情总是反复无常。很多人到最后都不会来领回物品。

肥皂小姐有了幸福的婚姻,一定很满意自己的归宿吧。这么一来,她根本不会想去回忆起自己过去偷来的书。所以要是肥皂小姐没有再来光顾,就代表肥皂小姐现在过得很幸福。我做好这样的心理建设,迎接三号的到来。

这一天天气晴朗,是适合结婚的好日子。老板照常地开店营业,照常地一边读着点字书,一边等着客人上门。正确地说，他是在等着肥皂小姐。肥皂小姐的寄物费付到今天为止，她说婚礼结束后就会过来领物。

门帘摇晃了。老板慌张地竖起耳朵，但是他没闻到肥皂香，也没听到像铃铛般的声音。

"因为我在外面没看到招牌，请问这里是寄物商，没错吧？"

门口走进一位弯腰驼背的老奶奶。她的嗓门很大，应该是有听力障碍吧。她的手上拿着一个布巾包裹。我看过这位老奶奶的脸。在商店街门口的某家商店窗口，总是见得到她的脸。

"欢迎光临。这里就是寄物商。"

老板提高音量站了起来。他大概是从声音和脚步声知道对方是个老人家，只见老板伸出手，扶着老奶奶进入和室房。

老奶奶坐上坐垫，递出了布巾包裹。

"我是第一次来，请问要怎么寄物啊？"

老板用双手抱着布巾包裹，"是要直接这样寄物吗，还是要把布巾带回去呢？"他说。

"该怎么办好呢？"老奶奶说，"看来我还是把布巾带回去好了。"

老板说："那我现在就拆开来。"然后解开了布巾。里面包着一个跟电锅差不多大的双耳铝锅，还有许多香烟的小盒子。老板伸手摸了摸铝锅，拿起其中一个香烟盒，上面的味道让他明白这是什么东西。因为长久的使用，铝锅显得黯淡无光，到处都留有小小凹痕。不过锅子洗刷过了，上面看不到焦痕与污渍。

"因为我准备要搬家，清理了许多身边的东西，可是就只有这些我如何也舍不得丢掉。"

"这些没办法一起带到新家去吗？"

老奶奶一时之间沉默不语，然后露齿一笑。

"儿子要我搬过去跟他一起住。因为媳妇会做菜，好像连厨房也是最新式的，所以以后就不需要这种锅子了。"

老奶奶上下两排的门牙，勉强还各剩下一颗。

老板露出微笑。

"真是个孝顺的好儿子啊。"

只见老奶奶马上抬头挺胸地说："还好啦。"虽说是抬头挺胸，不过老奶奶现在是弯着腰杆，所以她其实也只是稍微突出了一点下巴而已。我能感受到她的心情。听到别人称赞自己的亲人，她似乎十分开心。

"请问要寄放几天呢？"

"该怎么办才好呢?"

"搬家之后,您就不会再回来拿了吧?"

"是这样没错。"

"那要不要寄放一天就好?寄放一天是一百元。"

"该怎么办才好呢?"

两人怎么谈也谈不出个结果。这种客人只要留下一百元,要求寄放一天,之后不要再回来领物就好。反正他们都是来丢垃圾的。因为自己不忍心丢掉,就过来这里请老板帮忙。大家都是这么做,一点也不稀奇。

"这个锅子是我阿妈给我的。"

"是您母亲给的吗?"

"我嫁过来的时候,什么嫁妆都准备不出来,阿妈就把家里用的锅子刷干净,让我带了过来。"

"真是个好母亲啊。"

"只要有个好用的锅子,就什么都煮得出来。就算遇到什么难受的事,只要动手刷刷锅子,心情一下子就会舒坦许多。"老奶奶这么说着,用手摸了摸心窝。

"有些日子不是可以回收大型垃圾吗?我之前就拿去垃圾场好几遍,可是最后还是舍不得丢掉。"

"如果是这么重要的宝贝,最好还是别丢掉,收在身边比较好啊。"

听到老板的话,老奶奶笑眯眯地摇了摇头。她从怀中拿出钱包,在榻榻米上搁了一枚百元硬币。

老奶奶将额头贴着榻榻米,向锅子行礼致意:"辛苦你了。"老奶奶行完礼后便站了起来。老板开口询问她的名字,她只答了一句:"阿留。"老板扶着老奶奶离开。

就在老奶奶说着"再会",钻过门帘的时候,老板喃喃自语地说:"我会永远在这里帮您好好保管的。"这样轻声的低语当然传不进老奶奶耳里。老奶奶停下脚步,捶了捶腰。然后一语不发地离开店里。

这就是三号当天发生的一切。老板虽然营业到深夜,肥皂小姐还是没有现身。

过了四号,又过了五号,甚至连十号也过去了,却还是不见肥皂小姐的身影。不晓得是不是因为老板早已猜测到的关系,他看起来没有丝毫异样,不过他不再煮水波蛋了。顺便一提,老奶奶的锅子被老板带进厨房里拿来煮煮菜,做做咖喱,大显神威了一番。

在六月底左右的时候，相泽带着点字书来到店里。

"午安。这次是本长篇作品，花了我好多时间呢。"

她登上和室房，重重地放下点字书。相泽绝对不会坐上坐垫，因为她知道上面沾了我的白毛。她是个眼睛很好的阿姨。

"每次都麻烦你了。"

老板用托盘端来一只茶杯，搁在相泽的面前。相泽道了声"谢谢"，一边呼呼地吹着气，一边满意地喝起茶水。

"你泡的茶真是世间绝品啊，感觉都能开家专卖日本茶的吃茶店了。"

"谢谢称赞。要是以后做不了寄物商，我就开一家那种店吧。"

"到时候记得要雇用我哦。我啊，一直想做做看那种工作呢。桐岛是老板，而我嘛，就是那个……"

"服务生吗？"

"对啦，就是那个。"

聊到这里，相泽注意到了我，"那么社长就是店花了呢。"她说。

老板讶异地问道："你知道社长是母的吗？"

结果相泽立刻笑着说:"哎呀,讨厌啦,怎么可能不知道呢!"

接下来老板翻了翻相泽带来的点字书,认真地用指尖摸遍每个角落。

相泽说:"不过最好还是不要。"

"这里还是不要改变比较好。让寄物商永远屹立不摇,也是老板的分内工作啊。"

老板的注意力全放在点字书上,没有回话。这本来就不是少见的情况,于是相泽便一个人自言自语起来。

"像现在的明日町金平糖商店街,不是也发生了许多改变吗?没想到那家香烟铺竟然要关门大吉,真是吓了我一跳。"

"香烟铺?"老板停下了手。

"就是开在商店街门口的那家小烟铺啊。桐岛你不抽烟,所以可能不大清楚吧。那家店已经开了好久,很多人会去店里问路呢。就算不买东西,老板娘也会亲切地帮忙指路。是个很和善的老奶奶。"

"老奶奶?"

"是啊,虽然店里只有她一个人,但听说因为业务减少,让她付不起店租了。"

"所以老板娘就决定关起店铺,搬到亲人那里去吧。"

"据我听来的消息,老板娘似乎没有小孩,也没什么经常往来的亲朋好友,所以好像是要去住养老院的样子。"

老板眨了好几次眼睛,我也忍不住跟着他眨眨眼。相泽说:"像我也是无依无靠,孤家寡人一个,感觉就好像看到未来的自己一样,心里有些凄凉啊。"

人类只要变成一个人,就会觉得凄凉吗?还真是害怕寂寞啊。不过老板还有我这个女儿在,不会有事的。我望向老板的脸,想要告诉他这些话,结果连老板也露出一抹孤单的神情。他好像跟着受到影响,心情变得凄凉。

相泽就像是在鼓励自己似的说道:"其实也不是只有坏消息而已啦。你知道吗?就是商店街门口的斑马线。那里已经装好红绿灯了呢。而且还会发出声音,这下连桐岛也能放心过马路了。"

"这样啊。那里是条大马路,我本来还以为自己一辈子都走不过去,这样真是太好了。"

"那里的车流量很大,怎么可以没有红绿灯呢。之前小学校PTA[1]的成员就办过联署努力争取,可是却还是遭遇到重重

1　Parent-Teacher Association,简称PTA,家长教师会。

阻力。结果就在上个月，那里发生了车祸，最后才终于促成红绿灯的安装。"

"车祸？"

"听说有辆卡车辗到人了。"

"对方平安无事吗？"

"好像上了救护车的……不过对方不是附近居民，之后的事情我就不清楚了。"

老板说着"原来如此"，沉默了下来。就算知道红绿灯完工的好消息，一听到车祸的事情，还是没办法涌现出喜悦。

无意间，我的脑中浮现出一个很糟的想法。不过，这个念头立刻被我打消。因为真的是太糟糕了。

"啊，《小王子》！这本书怎么会在这里？"

相泽看着玻璃柜中的书，满脸欢喜地说：

"哎呀，这个是流当品吗？"

相泽都把过了寄物期限的物品称为"流当品"。在当铺好像都是这么称呼。只不过当铺是店家要付钱给寄物的客人，跟我们完全不一样。

"我可以看看吗？"

就在相泽正准备把手伸向玻璃柜时，老板以强硬的口吻制止她,"那还在寄物期限内,还不能碰。"

骗人!肥皂小姐的寄物期限老早就过了。那是货真价实的"流当品"。

相泽露出不可思议的表情。毕竟老板讲话第一次这么强硬,更何况他从前都不曾特别在乎过什么事,让相泽感到很好奇。

老板问相泽:"那本书,叫作《小王子》吗?"

"是啊,书虽然已经很旧了,但的确是《小王子》。以前啊,我本来打算要点译《小王子》,不过桐岛你说除了儿童文学,更想要读成熟一点的书,所以最后我就没有点译了。"

"这样啊。"

"桐岛小时候读过吗?"

"没有。启明学校的图书馆虽然有点字书,可是《小王子》很受欢迎,每次都在其他人手上,还没轮到我的时候我就毕业了。"

"哎呀,所以你不知道故事内容?"

"是的。"

"完全不知道?"

"对。"

老板打开玻璃柜,拿出那本书。他卸下外盒,翻开书页,用手指不断来回抚摸,打算阅读书中的内容。他是在后悔自己之前没有读过吧。就算再怎么摸也没用,因为那又不是点字书,怎么可能读得出内容。真是个笨蛋!

相泽一时惊讶地望着这样的老板,最后这样说道:"要不要我朗读一段给你听听?"

老板点点头,小心翼翼地递出书本。

相泽接过书,翻开第一页,轻轻地念起来。老板就像是在索求一般地聆听着。

那是个奇怪的故事。仿佛谜语一般的语句,装腔作势的遣词造句,还有宛如咒语般的喃喃私语。文章中交织着大人与小孩的思绪,但即便如此,其中还是存在着一定的秩序,又或者是像音乐般的节奏。

相泽似乎不太习惯朗读,不但念得很不流畅,不时还会结结巴巴。但是那毫无造作的语气,巧妙地与故事中的世界不谋而合。

大概读到了五分之一左右,老板发现相泽的声音逐渐开始沙哑。

"谢谢你,今天差不多到这里就好了。"老板是在讲客套话，明明就还想继续听下去。他露出依依不舍的表情，从相泽手上接过书，合了起来。相泽一直猛盯着这副模样的老板瞧。

接下来相泽每三天都会过来一次，朗读《小王子》给老板听。我也会蜷在坐垫上听故事。

真是不可思议的一段时间。

以前相泽与老板之间的关系，就是聪明年轻的男子与不谙世事的阿姨，但是在这段朗读的时间里，看起来却完全变了样。

老板的神情简直就是个孩子，就像那些经常被母亲牵着走在商店街上的孩子一样，信赖大人，将一切托付给对方。他露出这样的表情，竖耳聆听相泽的声音。

老板的这副模样，带给我无比的震撼。

在我的记忆当中，老板打从一开始就是个大人。冷静稳重，处变不惊，一视同仁地温柔对待所有事物，不过却还是有冷峻的一面。无论是固执，纠葛还是执着，他的心里完全没有这种情感。

现在的他不一样。他沉迷于《小王子》当中。

然后依赖着相泽的声音。

我第一次看见老板露出孩子气的神情。

老板终于有了母亲。

原来当人类有了母亲,才能够成为孩子啊。

我看着老板的表情看得太入迷,完全听不进故事的内容;而老板则是涨红了双颊,还不时抿着嘴唇,仿佛要把一字一句都深深烙印在心里。

终于到了最后,老板对着朗读完故事、合上书本的相泽低头致谢:"谢谢你。"

相泽发出早已沙哑的声音说:"我们好像一起出门旅行了一趟,感觉真幸福。而且还不是去草津或是热海那种地方,而是太空旅行。"然后微微一笑。

相泽走出店里时,门帘轻轻晃了几下。因为这次不是靠点字书,而是采用朗读的方式,让门帘第一次听见了故事内容,又能与老板一同去旅行,似乎让她觉得很开心。门帘大概是想对相泽说,希望她以后再来帮忙朗读吧。

我也是一样。虽然我听不太懂故事,但我还想再看看老板的那副表情。

就在那天的夜里。

店早已打烊,摆钟响了十一声。老板从店面玄关走了出去。外面已经是一片漆黑。老板平常都是从后门出入,而且也只会在白天出门,是发生什么事了吗?我担心地黏在老板身边,跟着一起走了出去。

走在外头的时候,老板都会借助拐杖。拐杖还有拖着脚步的声音,静静回荡在商店街上。每家商店都是大门深锁,路上一个行人也没有。因为不用担心会撞到人,老板的脚步比平常还要快。再怎么暗也没关系,眼睛看不到的人,早已从阳光中解放。在某个意义上来说,他们获得了自由。

走过理发店,再经过鲜肉店,一步步继续朝前走,最后终于抵达了商店街的入口。老板在这里暂时停下了脚步,竖起耳朵聆听。这里原本有家香烟铺,虽然招牌还没拆,但店里已经悄悄被清空,里面像是一个洞窟。看起来就像在动手术一样。下次会是什么样的店家进驻这里呢?

老板再度开始迈出步伐,走出商店街,面前是条宽敞的道路。这里的斑马线从很久以前就在了,而刚装设好没多久的红绿灯现在正亮着红色光芒。这是"路人禁止通行"的记号。

好几辆汽车呼啸而过。

红绿灯依旧亮着红光，迟迟不见"前进"的信号。这到底要等多久啊？老板伸手摸索到了一个按钮，按了下去。顿时间红灯开始闪烁，变成了绿灯，发出"噗噗噗"的声响。

我想，这大概是"前进"的暗号。

一辆车停在斑马线的前方。看吧，就是现在，路人可以过去了。汽车司机一脸不可思议地看着老板。老板站在斑马线前一动也不动，没有要过马路的意思。

红灯再度亮起，车子向前驶动。司机似乎很担心老板会突然冲出来，露出一副提心吊胆的模样。他谨慎观察着这边的动静，慢慢开过老板的面前后，便立刻加快速度驶去。

老板面无表情，直挺挺地站在原地。

我是这么想的。老板在金平糖商店街出生，在金平糖商店街长大。虽然他曾经在启明学校待过，但那是很久以前的事情了。我想他大概跟我一样，没办法踏出自己的势力范围一步吧。不过在他的心底深处，应该还是有一股旅行的渴望。心里还是想走过斑马线，到另一头去看看。

无意间，我想起了一幕。想起站在斑马线另一端，肥皂小姐回过头来的表情。要是最后见到她的那时候，她能够展露笑容就好了。

现在，不晓得老板有没有看到肥皂小姐站在对面那一侧的身影呢？要是看到了就会想要走过去吧？想过却又不敢过吧？要不要再按一次按钮看看？要过马路的话，我可以陪你一起走。我会陪你走到天涯海角。

老板忽地转身离开了斑马线，开始照着原路走回去。为了告诉老板我就在他的身边，我喵喵地叫着。此时老板突然"呜"地发出像在咳嗽的声音。我抬头一看，老板扭曲着脸，眼里滴落出闪闪发亮的物体。

是眼泪！

老板正在哭！

我吓了一跳。我原本以为老板不会流泪。

我吓得惊慌失措。总之无论如何，眼泪一定是有总比没有好啊。我虽然努力地逼自己乐观面对，还是无法顺利转换心情。

老板为什么要哭？

是《小王子》害的吗？

虽然我没有仔细听故事，不过小王子在故事的最后消失了。不禁让人觉得他说不定是死掉了。对老板而言，突然现身又消失的肥皂小姐就像是小王子，他是不是觉得肥皂小姐也死掉了，所以才会悲从中来呢？

我耐不住心神不宁的情绪，开始叫了出来，喵喵地叫着。我也不清楚自己为什么要叫。我陪在与往常截然不同的老板身边，发狂似的一边喵喵乱叫，一边走在夜晚的商店街上。

回到寄物商的时候，我的声音早已喊到沙哑，变成像刚朗读完故事的相泽一样。

老板到了隔天，又恢复成往常的模样了。

玻璃柜里陈列着八音盒和《小王子》，老板有时候会拿出八音盒听一听，但是却从来没有翻开过《小王子》。因为就算翻了他也无法阅读，所以他才不打开。不过即便如此，他每天还是会拿出来摸一摸，像是在检查书还在不在；打烊的时候，他还会把书轻轻放在掌心，仿佛在对她道声"晚安"。

老板正在等着肥皂小姐。

太好了。老板他还深信着，深信肥皂小姐还会回来。

从老板等待肥皂小姐的时候开始，他就变得稍微有男子气概一点了。虽然他还是一视同仁地接待客人，但是老板的心已经完全是个男子汉了。

尽管老板苦苦等待，肥皂小姐却还是没有现身。

会变成这样，是我的错吗？

这样就好像肚子里堆积着沙土，感觉真是难受啊。

这就是所谓"对不起"的心情，那个叫作罪恶感的东西吧。就像肥皂小姐身怀偷书的罪恶感一路走来一样，我也必须要怀抱着这种心情活下去不可。

但是我绝不说对不起。虽然我本来就不会说人类的语言，不过就算我会说，我也绝对不说。因为要是真的说了，就会永远失去肥皂小姐了。

说不定肥皂小姐平安无事，说不定她会再度光临。

我的能力所及之事，就只有相信这微小的可能性。我相信老板深信的事，也会陪着老板一起继续等待肥皂小姐。

永远永远等下去。

看来我得要长寿一点才行。

终章

今天是个大晴天。我虽然看不见，但是我很清楚。

因为坐垫蓬松绵软，照耀在脸上的阳光也很饱满充足。

现在的我，已经是几岁了啊？我想想……

我忘记了。

虽然活了很久，但我却不曾感到无聊。因为每一天，都找得到变化与新发现。

你看，我的脚已经走不稳了啊。

虽然人类都称这些为老化，但我觉得这是一种成长。

自己做不来的事情，开始一个个慢慢增加。

我虽然爬得上和室房，却登不了屋顶，甚至就连牙齿的数量也减少了，所以现在只能吃软的食物。

不过我还是吃得出食物的滋味。

这个世界逐渐变得和我一样，简单来说，就是开始变得白茫茫，到了最后一下子什么都见不着。

当我的视力开始衰退时，是相泽最先注意到这件事。

"我带社长去看看医生好了。"

只见老板一脸纳闷地说："她有哪里不舒服吗？社长一直好好吃饭，也没有闹肚子啊。"

"毕竟已经是上了年纪的猫，最好还是去医院检查一下比较好吧？"相泽这么说，把我放进了菜篮里。

离开店里的时候，我从菜篮中的缝隙间看到了夕阳。整颗太阳蒙上了白色的彩霞，呈现出淡淡的橘红色。

相泽走在商店街上，我待在她的菜篮里这么想。

相泽打算把我的坏眼睛拿出来，装上健康的眼睛吧。相泽就是因为这样才看得到的。所以她也想把那个方法套用在我身上。

虽然她很亲切，不过太多管闲事了。

我不顾一切地跳出菜篮。我的前脚扭了一下，整张脸迎面撞上地面，不过我没事。

既然还会痛，就代表我还活着，也还能继续走路。

相泽"啊"了一声，可是却没有追上来。我想她已经明白我的心情了。

我摇摇晃晃地沿着商店街走回去。

一回到寄物商，我便跳上和室房。老板发现我后，就在那片白茫茫的另一侧笑眯眯的。

从那天开始，我只要醒着的时候，就会一直盯着老板的脸看。

每天每天都盯着看。

我已经看到一辈子都忘不了的程度，让我一点也不害怕自己有一天真的会看不见。

就在某个早上，世界变得只剩下气味与声音了。

在那一瞬间我虽然吓了一跳，但是我没事。因为我闻得到气味，也还保有触觉。我失去的只有光而已。

这下我的世界就跟老板一样了。

感受到风的时候，我能想象着门帘摇晃的模样；闻到美味香气的时候，我可以想象出美食。食物依然好吃，《梦幻曲》也能让我联想到跳跃的珠子。

我都看得到。在脑海之中，我看得一清二楚。

来到有老板在的世界，我发现这里比现实世界还要美丽一些。

这里很和平，我也了解到老板其实很幸福，让我安心多了。

我就在这里等着。我跟老板都在等待着。

等待着奇迹。

那是发生在某天的事。

门帘摇晃，我闻到了肥皂香。

我跟老板都同时见到肥皂小姐了。

本书原出版者为日本白杨社，经授权由北京华章同人文化传播有限公司出版发行。
AZUKARIYASAN by Junko Oyama
Copyright © 2013, 2015 Junko Oyama
All rights reserved.
First published in Japan in 2013 by POPLAR Publishing Co., Ltd. and revised edition published in 2015 by POPLAR PUBLISHING Co., Ltd.
Simplified Chinese translation rights directly arranged with POPLAR Publishing Co., Ltd. through Beijing Poplar Culture Project Co., Ltd. and Youbook Agency

版贸核渝字（2016）第177号
图书在版编目（CIP）数据

奇迹寄物商 /（日）大山淳子著；许展宁译. -- 重庆：重庆出版社，2018.1
ISBN 978-7-229-12571-4

Ⅰ.①奇… Ⅱ.①大… ②许… Ⅲ.①长篇小说—日本—现代 Ⅳ.①I313.45

中国版本图书馆CIP数据核字（2017）第199622号

奇迹寄物商
QIJIJIWUSHANG
　[日]大山淳子　著
　许展宁　译

策　　划：	华章同人
出版监制：	伍　志　徐宪江
责任编辑：	王春霞
特约编辑：	余椹婷
营销编辑：	张　宁　胡　刚
责任印制：	杨　宁
封面设计：	荆棘设计

重庆出版集团
重庆出版社 出版
（重庆市南岸区南滨路162号1幢）
投稿邮箱：bjhztr@vip.163.com
三河市天润建兴印务有限公司　印刷
重庆出版集团图书发行有限公司　发行
邮购电话：010-85869375/76/77转810
重庆出版社天猫旗舰店
cqcbs.tmall.com
全国新华书店经销

开本：880mm×1230mm　1/32　印张：6.875　字数：100千
2018年1月第1版　2018年1月第1次印刷
定价：34.80元

如有印装质量问题，请致电023-61520678

版权所有，侵权必究